COLLECTION FOLIO

Guy Goffette

Une enfance lingère

Gallimard

Né en 1947, Guy Goffette a été tour à tour enseignant, libraire, éditeur des cahiers de poésie *Triangle* et de *L'Apprentypographe*. Aujourd'hui il travaille dans l'édition et vit à Paris. Poète, il a publié une quinzaine de livres et a obtenu en 2001 le Grand Prix de Poésie de l'Académie française pour l'ensemble de son œuvre.

Une enfance lingère a été récompensé par le prix Marcel Pagnol 2006 et le prix Victor Rossel 2006.

Né en [illegible] [illegible] est [illegible] libraire [illegible] de poèmes [illegible] *Éloge* [illegible] [illegible] il travaille [illegible] Paris [illegible] [illegible] de [illegible] en 2001 le Grand Prix de Poésie de l'Académie française pour l'ensemble de son œuvre.

[illegible]

à Marie-Thérèse et Fernand,
mes parents

Le cul dans la soie

1

Pour moi, les soirs d'enfance à la campagne ont souvent ressemblé à des couchers de soleil sur de la neige, des couchers tristes et brutaux qui consistaient non seulement à jeter en plein hiver un corps tiède dans des draps glacés, mais encore à souffrir en guise de dessert, de bonsoir, de câlin maternel ou de lecture, une de ces expressions chères à mon père, et qu'il m'appliquait comme une gifle : « Allez, ouste, le cul dans la soie ! »

Que, pour une raison ou l'autre, je regimbe dans la journée, que je laisse mon petit frère en carafe sur son tas de sable pour courir les bois avec mes copains, que je montre un peu trop ma flemme à rentrer les bûches dans la remise, que les problèmes de baignoires qui fuient ou de trains qui se croisent me laissent atterré dans la marge, la larme à l'œil et le stylo sec, tremblant d'avance sous le regard d'un père enfiévré d'impatience et de fatigue parce qu'il a tout compris depuis deux siècles, sauf que moi, son fils, je n'y comprenais rien de rien, « dur de comprenure », oui, comme il disait, et, d'une voix de serpe, il persistait à me faire relire l'énoncé dont les lettres à mesure se brouillaient sous mes yeux, et je bégayais de plus en plus en reniflant ; bref, que je boude encore l'assiette du soir qu'on me resservirait froide le lendemain, et mon père, qui ne m'en a jamais passé une, entamait, le doigt levé, l'œil rouge et toute la lyre dans la voix, sa rengaine au refrain invariable : « Gamin, rappelle-toi que tu n'es pas né le cul dans la soie. »

Le cul dans la soie.

C'est sans doute à cette image énigmatique pour l'enfant que j'étais que ma vie doit le tour qu'elle a pris plus tard, cette façon cavaleuse, émerveillée, attendrie de rôder sans fin dans la sphère des femmes. Sans doute et en partie seulement, car on puise toujours à plusieurs sources avant de trouver l'eau qui convient à sa bouche.

2

Le cul dans la soie.

Mon père prisait fort ce genre de formules à l'emporte-pièce. Elles avaient pour lui qui parlait peu le double avantage de résumer sa pensée au plus juste et de frapper l'auditeur en plein front. Désarçonné, l'air ahuri s'il se relevait, celui-ci trouvait rarement une réplique appropriée. Il s'en allait en haussant les épaules, se promettant de garder à ce mauvais coucheur un chien de sa chienne.

J'ai appris des années plus tard en consultant des dictionnaires que mon père prenait de grandes libertés avec ces tournures populaires, plus usées que la pierre des chemins ou, comme de vieux souliers, tellement déformées que leur sens premier ne pouvait plus y glisser les pieds.

Quelques-unes me reviennent à l'esprit.

Un jour qu'il avait des raisons d'être plus particulièrement fier de moi, c'est vrai que je venais de passer tout mon jeudi après-midi à ranger ses outils dans l'atelier, à nettoyer l'établi, à redresser ses maudits clous rouillés, mon père m'avait gratifié d'un « Fiston, tu es un homme comme il n'y a pas de femme ». J'en avais grandi pour le coup de quelques centimètres en un instant.

Me soupçonnait-il de lui mentir, alors qu'en larmes je jurais mes grands dieux de dire la vérité, toute la vérité, rien que la vérité, il se tournait vers ma mère et, les bras au ciel, désappointé, se récriait : « Avec lui, on ne sait jamais le bout qui va devant. »

Longtemps je me suis demandé ce que pouvait bien désigner ce « bout qui va devant » dont l'idée générale ne faisait aucun doute pour moi, puisque j'étais le seul à savoir ce que je cachais à mon père, mais dont le sens littéral me demeurait d'une obscurité parfaite. Si je me contente aujourd'hui de l'employer sans chercher à me l'expliquer davantage, c'est que je lui trouve un charme que ses possibles remplaçantes n'ont pas, qui parlent de lard ou de cochon, de bonnet blanc et de blanc bonnet.

Et quand, plus démuni d'arguments qu'un orateur aphone, il fallait à mon père lâcher prise devant une démonstration cinglante, il s'en sortait encore par un dubitatif « Bah, ça ne veut pas dire charrette… »

Il y en a bien d'autres, je les ai oubliées, mais elles vont leur bonhomme de chemin dans ma langue et font le plaisir de mes amis, qui les repèrent et parlent de trouvailles quand ce n'est au fond pour moi rien de plus que les petits cailloux d'un Poucet définitivement égaré.

Un seul de ces cailloux est resté dans ma poche, pesant, énigmatique (je l'ai dit) et piquant comme un bonbon des Alpes : le cul dans la soie. Bon Dieu, si je l'ai sucé pour m'endormir, ce caillou-là ! À force de taper sans arrêt contre mes tempes dans la journée, il a fini par se frayer tout seul un chemin dans ma mémoire et dans le lit de mes amours.

3

Le cul dans la soie.

À voir le trouble que cette expression provoque encore en moi, un peu comme si je me présentais nu devant ma mère, je ne suis pas loin de penser qu'elle a joué dans ma vie un rôle important ; que plus qu'une ligne de la main elle a été un signe prémonitoire, un avertissement.

Le cul, la soie. Le cul et la soie. Le cul dans la soie. L'association de ces deux mots, déjà si choquante à mon oreille, ne laissait pas d'intriguer le petit amoureux des mots que j'étais. Il y avait aussi là-dedans quelque chose d'incongru, entre honte et volupté, qui me mettait mal à l'aise.

À la campagne, et pour un gamin des années cinquante, élevé à la dure presque sous le bénitier, le cul n'avait pas la réputation flatteuse qu'il a de nos jours. C'était une chose commune et, somme toute, plutôt méprisée. On s'en moquait à l'école et dans la rue, on se gardait bien de l'évoquer à la maison.

À la récré, l'emploi du terme coûtait généralement deux cents lignes de « Je ne prononcerai plus de gros mots » ou, selon l'humeur du maître, de « Je suis un grossier merle et je parle comme un charretier » ; à table, une taloche bien appliquée ou la privation assurée de dessert le dimanche — « Toi, tu *desserres* ta ceinture », me disait papa ; au cathéchisme, un coup de canne du curé ou une copie calligraphiée des Dix Commandements. Il va sans dire qu'à chaque alternative je préférais, j'attendais, j'espérais la première punition.

Le mot banni entrait aussi dans nombre d'expressions familières et familiales, dont la plus fréquente était « un coup de pied au cul ». J'en faisais les frais plus souvent qu'à mon tour. Et qu'on le nommât « derrière » comme à la maison n'atténuait en rien la vigueur du coup. Quant à la connotation sexuelle, elle était quasi inexistante pour des gosses habitués au cul des vaches, des poulains et des poules. « Fesses » et « trou de balle », en revanche, nous allaient droit au sexe et, si nous riions plus haut que nous, c'était pour oublier de rougir à point.

4

Non, c'est le mot « soie » plutôt qui me laissait pensif.

Interrogée, ma mère s'était exclamée : « Mon pauvre Simon, c'est pas ici que tu risques d'en trouver, d'la soie. Ça, c'est du nanan pour les dames bien mises et qui en ont. » Et elle accompagnait ses paroles de ce geste du pouce et de l'index frottés l'un contre l'autre qu'on apprend à la campagne avant de savoir compter.

J'étais d'une timidité crasse à l'époque et le mot m'impressionnait tellement que je n'avais pas osé poser la question à mon maître d'école. Il n'était guère commode et je faisais toujours ce qu'il fallait pour éviter de le fâcher, mais j'étais ce jour-là si sûr et certain qu'il allait me rabrouer, me renvoyer au dictionnaire, que j'y allai tout seul, comme un grand.

Le dico donnait plusieurs définitions assez alambiquées. Je procédai donc par élimination après avoir testé chacune d'elles en l'associant soit au cul, soit aux dames.

Le poil des cochons, la première proposition, me parut pour tout dire insupportable. Le grésillement des poils et l'odeur âcre de couenne quand on avait brûlé sous mes yeux le bon gros Victor, que j'allais nourrir tous les matins dans son auge et qui me remerciait en grognant et me présentait son dos rose pour que je le caresse, non, non, non, je ne pouvais pas.

La pointe d'un couteau, deuxième proposition, ne me convenait pas mieux, qui me rappelait les cris déchirants de Victor quand les voisins l'avaient saigné sous mes yeux, et j'entends encore le sang frapper le fond du seau de fer-blanc tout neuf qui riait au soleil, et jamais, jamais depuis je n'ai pu pénétrer sans effroi dans une boucherie.

En troisième position arrivaient étoffe, tissu, bas de soie. J'étais sauvé.

Tout à ma découverte, je n'avais pas senti la présence du maître dans mon dos. Incapable d'expliquer pourquoi je cherchais Marseille à la lettre S et plus rouge que le derrière du petit Pierre qui traînait cul nu dans son parc hiver comme été, je dus bredouiller lamentablement, si bien que, sur un signe de l'instituteur, il me fallut encore lui présenter le bouquet de mes doigts pour que la règle s'y abatte et me délivre.

Papa avait raison : je ne suis pas né le cul dans la soie.

Le soutien-gorge de Moïse

1

La fille du pharaon s'appelait Germaine. La grande Germaine. Elle pesait dans les cent vingt kilos.

Elle a été mon premier vrai contact avec la lingerie féminine. Le premier dont je me souvienne, quand je remonte à ma petite enfance, à cet âge où, dit-on, la mémoire est encore une sylve inexplorée, touffue, enchevêtrée, bruissante de cris étranges, de gargouillis obscurs.

Je devais avoir entre deux et trois ans.

C'était l'été.

Il n'y avait pas encore à la maison ce monstre avec une roue énorme et un tout petit moteur qui emplirait la buanderie de vapeurs et de fracas, cette machine à lessiver — une des premières au monde, assurait papa — qui ferait la fierté de ma mère quand son bricoleur de mari, avec force jurons et lancers de marteau à travers la pièce, en aurait achevé l'installation. Ma pauvre maman, chaque lundi matin, bon gré mal gré, qu'il pleuve ou neige, se voyait donc contrainte à descendre au lavoir du village.

La grande Germaine, sa voisine préférée, l'attendait sur la route en fumant la pipe.

Sans personne pour me garder, maman emportait entre le panier de linge sale, le bac à laver, le battoir, la brosse et le bleu de méthylène, un petit Simon aux anges sur la brouette de bois qui cahotait en grinçant sur la route.

2

À la sortie du village, où commençaient les prairies, les champs de seigle et d'épeautre et les talus à coquelicots, se dressait une bâtisse sans fenêtres flanquée d'un abreuvoir de schiste : le lavoir communal. C'était un carré parfait, à ciel ouvert, avec une espèce de préau autour du bassin central pour abriter les lavandières. La fontaine recevait l'eau de pluie comme une grâce, car elle était généreusement alimentée par une source glapissante dont le chant eut vite fait d'intéresser Simon.

Il vivait dans un conte de fées, ne cessant de se pencher sur l'eau pure et glacée pour y plonger sa menotte et l'agiter comme une baguette magique, et il riait de voir le ciel qui miroitait sur l'eau lui répondre du tac au tac et se transformer en un banc de poissons lumineux.

À plusieurs reprises déjà, maman l'avait rappelé auprès d'elle. Agenouillée dans le bac à laver, elle trempait son linge, le savonnait avec la brosse sur la planche de bois qui courait autour du bassin, le rinçait, ajoutait le bleu magique, battait le linge, rinçait de nouveau.

Je la contemplais souvent pendant qu'elle tapait et je l'admirais : avec ses cheveux roulés dans un foulard pour les retenir sur son front, elle ressemblait à s'y méprendre à l'Indienne du livre qu'elle me lisait le soir, assise à côté de mon lit.

Tout autour, ça s'était mis à taper ferme, à caqueter, à clabauder et à rire aussi, parce que le lavoir s'était rempli progressivement, comme si toutes ces femmes gesticulantes s'étaient donné rendez-vous là pour une partie de rigolade.

Je compris au fil des semaines, à voir la répartition quasi immuable des groupes le long de la planche, qu'elles ne se mélangeaient pas entre elles et que ce que je prenais pour de l'amusement dans les cris et les rires n'était que moqueries, sarcasmes et volées de bois vert. Et je distinguais de mieux en mieux, dans le concert assourdissant des battoirs, les notes blanches des notes noires.

Il arriva même un jour, après quelque apostrophe cinglante suivie d'un point d'orgue, que des bords opposés deux femmes se lèvent brusquement, le battoir en l'air, lourdes de menaces et prêtes à en découdre.

Simon prit peur et courut se jeter dans le giron de sa mère. Mais la rixe n'eut pas lieu, grâce à l'intervention tonitruante de la grande Germaine debout près de ma mère et qui tapait, imperturbable, sur sa bassine en fer.

Ce matin-là, j'oubliai l'eau et le bleu magique et les jeux de l'ombre et de la lumière. Et je fis tant et tant que Germaine à la fin consentit à me prendre sur sa brouette pour remonter au village.

Fier comme un fils de roi, je regardais ma mère par en dessous.

3

Ce ne sont pas ces querelles de femmes qui furent cause de l'incident dont j'allais être la victime et l'involontaire vedette, mais mon inconscience.

À force de me pencher sur l'eau, ce qui devait arriver arriva : je tombai dans le bassin. Le froid me saisit d'autant plus fort que la chaleur extérieure était caniculaire. La fontaine n'était pas très profonde, mais elle était rendue glissante par les mousses vertes du fond et l'enfant qui ne trouvait rien à quoi s'accrocher glissait et roulait en hurlant dès qu'il parvenait à se redresser pour sortir la tête. La panique l'avait saisi quand l'eau lui était entrée dans la bouche et les oreilles, et ses mouvements désordonnés pour se rattraper ne faisaient que le replonger et l'éloigner toujours davantage des bras désespérément tendus sur le bord, le déportant vers le milieu du bassin, où le courant d'eau était le plus fort.

Dans le lavoir, c'était le branle-bas de combat. Ma mère criait, les bras au ciel. J'étais perdu, son enfant était mort, elle voulait mourir elle aussi. Des femmes couraient en tous sens, sortaient du lavoir et criaient au secours, d'autres, couchées sur la planche, tendaient à bout de bras leur battoir pour accrocher l'enfant.

J'avais bu déjà plusieurs fois la tasse, quand je me sentis soudain happé, tiré vers le bord et hissé hors de l'eau. Je grelottais, on a même dit que j'étais tout bleu, ma mère qui s'était sentie mal fut portée dehors, étendue sur la margelle de l'abreuvoir et secouée jusqu'à ce qu'elle revînt à elle.

Pendant ce temps, à l'intérieur, on cherchait à réchauffer l'enfant. Il n'y avait pas de linge qui fût sec. Et c'est la grande Germaine que toutes félicitaient en lui donnant du Maimaine à tire-larigot, c'est elle qui, non contente de m'avoir repêché, me sauva de la pneumonie et d'une mort certaine, car j'étais non pas, dira près de mon lit le vieux médecin de famille appelé d'urgence, ce qu'on peut appeler un chêne ni un roseau, mais un enfant plutôt délicat, né aux forceps et mené à la dure, ces derniers mots prononcés à part lui, de telle manière que seuls les entendirent alors ceux qui avaient des oreilles pour entendre.

Germaine ne trouva rien de mieux, à ce qu'on m'a raconté des années après, que de déshabiller Simon et de se dégrafer le corsage et de fourrer l'enfant tout nu dans sa chaleur, entre ses seins et contre son ventre. Puis elle s'était mise à courir jusqu'à la première maison du village, où l'on me sécha en me frottant vigoureusement le corps jusqu'à ce que ma mère vînt me reprendre pour m'emporter à la maison.

En me recouvrant, le vieux docteur m'avait demandé si je connaissais l'histoire de Moïse et j'avais fait non de la tête. Quand je l'ai entendue, un ou deux ans plus tard, de la bouche de celle qu'on appelait la Bonne Mère dans la petite école des sœurs où l'on m'avait placé, j'avais oublié cet incident et je ne fis pas le rapport avec ce qui m'était arrivé.

Ce n'est qu'il y a peu, lors du repas qui suivit l'enterrement de la grande Germaine, que je compris la remarque du médecin et que je sus ce qu'on m'avait caché, par cette pruderie qui caractérisait ma mère : la pièce de linge qui avait servi à sauver le Moïse d'occasion était le propre soutien-gorge de Germaine.

On aura beau me chanter sur tous les tons que personne ne connaît le prénom de la fille qui sauva Moïse, pour moi, elle s'appelle Germaine.

L'enfer est un paradis

1

On ne peut pas dire que j'ai manqué de chance : à cinq ans déjà, j'avais touché la part des anges sous les jupes noires d'une sœur en cornette,

et j'ai su.

J'ai su tout de suite, mais je n'ai rien dit.

J'ai su qu'un oui veut souvent dire non, que c'est une question de température et d'ambiance, et le contraire est également vrai, tant de fois prouvé par tante Maryse, les nuits où je dormais chez elle, quand de la chambre à coucher me parvenaient des « Non, non, Firmin, non », de moins en moins audibles, et qui se muaient d'une glissade en des « Oui, oui, oui » de plus en plus sonores, aigus, étirés comme s'il lui fallait à tout prix toucher le plafond, le toit, l'air frais de la nuit et sortir, attraper les étoiles, ouvrir le paradis.

J'ai su.

J'ai su que l'enfer ne se tenait pas derrière la porte de la cave où papa menaçait toujours de m'enfermer avec l'assiette d'endives braisées que je refusais d'avaler.

Lorsque, quelques années plus tard, il mettra sa menace à exécution, je resterai de longues heures assis sur la première marche de l'escalier de la cave, le dos collé à la porte, tous mes sens aux aguets car, comme disait mon père, on a beau savoir, on ne sait jamais. Mais je persisterai dans mon refus de toucher à cette pâtée flasque et froide, façon camouflage défraîchi, qu'on me resservait telle quelle jusqu'à ce que je trouve moyen, profitant d'une absence de ma mère, de flanquer le tout dans la cuisinière à bois.

Aujourd'hui encore, cinquante ans plus tard ou presque, je n'ai pas flanché, malgré l'insistance, les encouragements ou l'air navré de ceux qui me présentaient, la bouche en cul de poule, ce mets entre tous, disaient-ils, susurraient-ils, dé-li-ci-eux. Moi, ce que je lui trouvais de délicieusement approprié, c'était le nom qu'on lui donne chez nous, dans le Nord : chicon. Autant vous dire que je ne me faisais pas prier pour le scander avec un plaisir rageur sur tous les tons dans le noir et sur le chemin des écoliers : chi-con, chie-con, con-chi, qu'on chie !

Le verbe « conchier », quand je le rencontrai au hasard d'une lecture, devint pour moi le comble de l'insulte, le bijou de mon répertoire. Je me mis à conchier à tour de bras, avec une jubilation de sybarite, salivante et solennelle.

Les maîtres en premier, à voix très basse, pour ne pas dire silencieuse : l'instituteur, le curé, le paternel ; les garçons de mon âge ensuite, à tue-tête, et là, je ne me faisais pas faute de claquer la porte à chacune de nos disputes par un claironnant « Et puis, je te conchie, espèce de chicon ! »

2

J'ai su.

J'ai su également que, si des rats couraient parfois dans la cave, ils n'étaient pas plus gros que les mulots des champs, contrairement aux affirmations de mon père qui les rangeait entre le cochonnet de Lorraine et le marcassin ardennais, et ça, Pitou me l'avait vite confirmé quand, les moustaches encore fumantes, il en avait rapporté un d'en bas et l'avait déposé, fier comme un matou de foire, la queue en panache et gigotante, aux pieds de maman qui, surprise en pleine vaisselle, avait poussé un tel cri, les bras en l'air, que la soupière de pur Limoges avait fait un double saut périlleux avant de toucher le sol de la cuisine dans un fracas de fracasserie.

J'ai su encore que les yeux rougis de papa et ses mains noires ne devaient rien au combat héroïque qu'il prétendait, pour m'impressionner, avoir dû livrer contre des diables furieux afin de leur soutirer ces seaux de boulets de charbon, d'anthracite, pleins à ras bord, qu'il balançait d'un geste impérial dans le poêle du salon au milieu d'un nuage de poussière qui faisait monter ma mère sur ses grands chevaux et retomber le soufflé au fromage.

J'ai su que le blanc aussi pouvait virer au vert, que c'était là encore une question d'ambiance et d'illumination et que si les endives remontaient de la cave aussi pâlichonnes que les demoiselles de la manécanterie, c'était non pas à cause de la frousse terrible qu'elles avaient jour après jour endurée, mais tout simplement faute de sorties et d'exposition au grand air.

J'ai su tout cela et bien d'autres choses, car ce que j'avais vu et ressenti dans le noir sous les lourdes jupes de la chère sœur en cornette, ce n'était ni l'abîme ni les feux de l'enfer qu'elle promettait aux petits désobéissants, mais quelque chose qui s'apparentait à la divine félicité que les anges, dit-on, se partagent ; des anges qui nous ressemblaient comme de faux frères dodus lorsque les sœurs nous attachaient dans le dos des ailes en plumes d'oies authentiques pour ouvrir la marche du Saint-Sacrement. Des anges, en vérité, à qui nous ne ressemblons jamais mieux que tout nus, accouplés, aveuglant le vieil Œdipe avec nos sueurs et noyant Narcisse dans nos larmes, juste au moment où la terre se dérobe sous nos pieds, où nous coulons à pic dans la mer ouverte entre les jambes d'une femme qui referme sur nos corps engloutis l'horizon de ses bras.

Oui, c'est à ce moment-là, à ce moment charnière, si je peux dire, que, la tête coincée entre les cuisses de la Bonne Mère, j'ai su sans savoir que tout ce que les adultes racontent aux chers petits anges pour les garder le plus longtemps possible à merci n'est que fariboles et ce qu'on leur cache comme perle rare rien autre que ceci :

l'enfer est un paradis.

3

Bien entendu, je n'ai pas mesuré tout de suite l'importance de ma découverte, j'allais sur mes six ans et j'étais encore à la petite école chez les Chères Sœurs, comme on disait. Mais je me sentais gaillard et la perspective d'entrer bientôt chez les « grands » décuplait les flammes souterraines que cent petits diables, tenus en laisse à la maison, attisaient en moi dès que j'en franchissais le seuil. Bref, j'étais ce qu'on appelle un sale gamin.

La sœur qui nous faisait la classe et que nous appelions la Bonne Mère était une matrone rougeaude, ample de poitrine et de croupe. Toute de noire vêtue, à l'exception de la cornette blanche qui encadrait son visage, un bel ovale de chair carminée où les yeux, petits mais perçants, découpaient deux taches d'herbe ou d'eau verte, elle circulait parmi nous comme un gros papillon de nuit, alerte, zigzaguant entre des tables lilliputiennes de couleurs vives et fraîches comme des fleurs de jardin. De sa voix de velours, étonnante pour une personne aussi chevaline, elle distribuait, inlassable, sourires, conseils et encouragements, apaisait l'un, consolait l'autre, séchait les pleurs, arrêtait les bagarres et réconciliait les adversaires sans jamais perdre son sang-froid.

Si nous étions peu nombreux dans cette classe à dominante féminine et si j'étais loin d'en être le plus grand, je faisais du bruit pour dix.

C'est en vérité que rien n'allait jamais comme j'aurais voulu. Fallait-il colorier ? la mine de mes crayons cassait dès que j'appuyais un peu ; découper des images dans des magazines, détourer des modèles ? mes ciseaux à bouts ronds coupaient tout de travers ou, tordant le papier, s'y refusaient ; s'agissait-il de coller ? j'avais de la colle sur tous mes doigts, sur la table, sur mes vêtements. Faisait-il soleil ? je tempêtais pour sortir ; s'il neigeait, je lançais des boules de papier contre les vitres ; pleuvait-il, je sautais à pieds joints au milieu de la pièce dans des flaques imaginaires. Bref, j'aspirais au grand air et je pompais ardemment celui de toute la classe.

La langue bien pendue et très répondant, je coupais la parole à tout propos jusqu'à ce que la maîtresse à bout de patience me fermât la bouche avec du scotch (la sœur disait papier collant). Mais la Bonne Mère avait un cœur de laitue, elle m'aimait, je le savais et j'en profitais pour lui infliger le supplice de mes yeux mouillés, qui ne mettait pas dix minutes à la faire fléchir.

Pour parer à un apitoiement qu'elle savait de sa part inévitable, et si lourd de conséquences lorsque l'heure du conte sonnerait, une heure sacrée entre toutes, qui durait à vrai dire quinze bonnes minutes tous frais comptés (un rappel à l'ordre, une explication, une demande de « pipi ») bref, un sacré bon moment que Simon allait à coup sûr lui massacrer à cœur joie, elle finit par trouver un moyen qui devait s'avérer des plus efficaces pour la réussite pleine et entière du conte et des plus essentiels dans le développement d'une sensibilité en herbe.

Interrompant dès ses premiers pas mon numéro de clown habituel, la chère sœur me conduisit par l'oreille devant son banc de conteuse, s'y assit, m'agenouilla puis, soulevant sa lourde robe, elle enfouit ni une ni deux ma tête entre ses jambes et rabattit sur moi l'étoffe en clamant à la cantonade : « Allez, mon garçon, en enfer ! C'est là où vont tous ceux qui ne sont pas sages. »

4

Je me demande aujourd'hui encore si je suis jamais revenu de l'étonnement de cet après-midi-là.

Le bec cloué dans la seconde. Le nombre d'images qui vous traversent le cerveau dans un moment pareil est si grand et si rapide que tout se mêle et il n'en reste au bout du compte que les saillies pour la mémoire. Ai-je seulement entendu rire ou pouffer dans mon dos ? je ne m'en souviens pas. La tête coincée jusqu'aux épaules, les mains sans doute posées par terre, je me tenais assis sur mes talons et je ne ressentais qu'une chose : la chaleur du lieu.

L'idée de me rebeller ne me venait pas : j'étais bien. Mais chassez le naturel, dès que la pression des genoux de la Bonne Mère se relâcha un peu sous l'effet de l'attention portée à l'histoire en cours — et l'heure était particulièrement grave, car Hansel et Gretel approchaient de la maison en tartelettes et chocolat habitée par la sorcière —, Simon tenta de relever la tête.

Peine perdue. Sans que le déroulé du récit en souffrît le moins du monde, la chère sœur d'une petite tape discrète enjoignit au garnement de rentrer dans sa tanière et de se tenir coi. Les genoux se resserrèrent comme des portes automatiques. J'en étais quitte une fois de plus pour retrouver sur ma joue le toucher légèrement râpeux des gros bas de laine de la maîtresse.

5

Sur un champ de manœuvre aussi réduit, Simon faisait ce qu'il pouvait. L'impossibilité de se libérer par le haut ni par les côtés l'obligeait à aller de l'avant, de la pointe du menton et prudemment.

Le premier contact avec la peau nue le surprit comme une brûlure et comme une caresse en même temps. C'est à ce moment précis que Simon réalisa que l'enfer est un paradis.

Le bas de laine était une râpe, la peau de la soie pure. Si je ne mettais pas encore de nom sur cette douceur de rêve, j'en avais du moins la violente expérience. On comprendra que je n'ai pas cessé depuis de la répéter.

Et comme pour se pénétrer davantage de sa découverte, Simon ramena sa tête en arrière et s'arrêta à la jonction des deux mondes, là où le renversement s'opère, où la soie redevient rèche, où le blanc vire au noir, le vertige à la réalité. Plaisir hélas de courte durée, car voici que les jambes s'ouvrirent, et la chape de bure se souleva et la lumière se fit et c'est ainsi que je, alias Simon Sylvestre, fus expulsé du paradis : le conte était conté.

Je repris ma place dans le monde réel, sage et rougissant comme un nouveau-né, les joues marquées par la lisière du bas.

Une tranche de corset

1

À sept ans, j'avais des tristesses sauvages qui me jetaient contre ma mère en criant.

Je croyais toujours avoir perdu en chemin quelque chose de rare dont je ne savais plus le nom, quelque chose que je n'arrivais pas à me représenter, comme s'il s'était agi d'un parfum de fleur, d'un toucher de velours, et mes sens mêmes ne me servaient plus de rien : j'étais désespéré.

Je courais comme un perdu dans mes larmes et il me semblait que la route avançait à reculons.

Maman me recevait en plein ventre comme un ballon de football. Elle me caressait la tête pour me calmer et me questionnait, mais je n'avais pas de mots pour ma douleur, et plus de palais et plus de langue.

Je cherchais une douceur ancienne dans son giron et ce que je rencontrais là, du front et de la joue, c'était un corps inconnu, ferme et presque dur et qui contrastait tellement avec les rondeurs balancées du matin et du soir sous la chemise de nuit que j'en criais de plus belle en repoussant ma mère.

Quand elle eut compris, des jours et des jours avaient passé, elle me conta une histoire de baleines qui me fâcha et me referma davantage.

Pourtant les pleurs de Simon, sa colère et son désespoir s'arrêtèrent net ce jour-là comme devant un mur. Qu'est-ce que les baleines venaient bien faire là-dedans ?

À la petite école — c'était encore avant-hier dans sa tête — les baleines étaient bleues et dodues, elles nageaient dans la mer et sur les vitres de la classe et lançaient de temps à autre un jet d'eau en l'air en sifflant comme des locomotives, et Simon les chérissait entre tous les animaux. Quand revenaient les endives et la cave, c'est à elles qu'il pensait tout de suite, c'est elles qu'il priait de venir le défendre du noir et des rats et des diables à queue rouge, c'est elles qui lui permettaient d'attendre sans trembler que s'ouvre enfin la porte sur sa mère qui lui prendrait l'assiette des mains et l'enverrait à coup sûr méditer dans sa chambre.

C'est pourquoi Simon réagit violemment lorsque, désignant son ventre, elle parla de baleines.

— C'est pas vrai, dit-il d'une voix blanche, c'est pas des baleines ! Je les connais, moi, les baleines.

— Ça s'appelle comme ça, Simon. On dit un corset à baleines.

Simon se frottait les yeux, refusant d'entendre. Alors, elle lui prit la main et la posa d'autorité sur sa taille, mais Simon la retira comme s'il avait touché le couvercle brûlant du poêle. Et parce qu'il s'obstinait à ne rien vouloir entendre, elle s'en alla, mais il la suivit, s'agrippa à sa jupe, criant qu'il voulait voir, qu'elle le montre donc, son corset, si ce n'était pas encore une menterie. Elle se dégagea vivement et Simon se laissa tomber sur le carrelage de la cuisine, cria, tapa des pieds, puis de guerre lasse se releva et s'en fut passer sa rage sur les fleurs du jardin.

2

Je vécus agité et brouillon les jours qui suivirent, attaché au pas de ma mère comme un petit chien, m'arrêtant quand elle s'arrêtait et essayant toujours de la surprendre dans un moment d'abandon.

Le jeudi, c'était le jour des cartes, maman recevait des voisines, toujours les mêmes, qui s'installaient autour de la table de la cuisine, battant des ailes et caquetant comme les poules autour du bac à graines. Il y avait la grosse Irma, dont je fuyais d'entrée de jeu les compliments, à cause de ses mains baladeuses et des baisers qui les accompagnaient. Les larges auréoles qu'elle avait sous les bras en toute saison me dégoûtaient autant que le rouge épais qui barbouillait ses lèvres. Josette, qui la suivait comme son ombre, était tout en os et sa bouche en tranchet de cordonnier poussait des cris aigus à tout bout de champ, soit parce qu'elle avait réussi un pli, soit parce que sa voisine le lui avait ravi. La dernière était Saturnin, un vieil homme chauve et doux, qui faisait le dimanche office de bedeau et de sacristain. Ma mère disait qu'il était sa meilleure voisine depuis qu'un accident l'avait rendu à sa véritable nature, elle disait aussi que je comprendrais plus tard. Ce qui faisait que je ne quittais pas Saturnin d'une semelle, à l'affût d'un geste, d'une parole qui trahirait son secret.

Ce jeudi-là pourtant, je le passai sous la table à faire semblant d'entraîner mes soldats de plomb pour la guerre prochaine. Sans résultats notables : mes soldats restèrent de plomb, Saturnin dans son mystère et ma mère fermée sous sa jupe étroite.

3

C'est au jardin, sur la corde à linge et derrière le rideau des draps qui masquaient au voisinage la lingerie intime de la famille, que je vis la chose baleinière. Une espèce d'animal rose et plat avec quatre tentacules à pince métallique qui pendaient, tout un emmêlement suspect de ficelles sur l'arrière et deux sacoches à l'avant où mon père aurait pu confortablement loger ses poings de bûcheron.

Je demeurai longtemps à contempler l'animal, sans y toucher, comme Paulo, les mains dans les poches, le mégot collé à la lippe, devant sa grosse cylindrée en panne.

J'avais beau regarder le corset de tous mes yeux, le mystère des baleines restait entier, et puis cet attirail complexe jurait par trop avec le corps de ma mère, que je trouvais naturellement beau comme je trouvais beaux les prairies, les collines, la rivière dans la vallée, les yeux bleus de mon père quand il riait, les anges dorés de l'église la nuit de Noël, qui semblaient descendre sur la crèche à mesure que montaient les cantiques.

Pourtant, je ne pouvais me défaire de l'attrait que ce drôle d'animal exerçait sur moi. J'attendais qu'un sursaut de vent le tirât de sa torpeur et je craignais en même temps de le voir se mettre à gigoter.

Ce qui me déplaisait plus que tout, je ne m'en rendis compte que bien plus tard, c'était sa couleur, une espèce de rose décoloré comme le dessous des bras de la grosse Irma quand elle avait remporté la partie de cartes et s'esclaffait en montrant sa combinaison. Vieux rose, sueur et compagnie.

4

Simon se précipita dans la cuisine en criant qu'il l'avait vu, le corset, et que c'était une sale bête, toute rose avec des pinces, et que ça, ce n'était pas une baleine, qu'elle avait menti parce que les baleines...

— Mais qu'est-ce que tu me chantes là ? dit maman. Et elle posa son saladier, s'essuya les mains et entraîna Simon au jardin.

— Ça, c'est un corset à baleines, dit-elle en décrochant la pièce de linge, et il n'y a pas plus de bête là-dedans que dans ta tête.

Elle saisit la main du gosse et tenta de lui faire toucher une des baleines, mais il résistait. En vain, je le savais, car elle avait toujours le dernier mot. Simon finit par se rendre, mais il ferma les yeux quand sa main effleura la côte du corset.

— Tu vois, gros bêta, ça ne mord pas, mais ça soutient drôlement bien le ventre des mamans qui ont des enfants comme toi, et ça, là, qui pendouille, ce n'est pas un tentacule comme tu dis, c'est une jarretelle, et la pince au bout, ça sert juste à accrocher les bas.

Elle avait relâché la pression et Simon, d'un geste brusque, en profita pour se dégager. Il s'enfuit en criant que c'était à vomir, les corsets. À vomir. Et qu'il n'en porterait jamais !

5

Je me souviendrai longtemps du repas qui suivit la première communion de Simon.

Dès l'entrée j'avais fondu en larmes devant mon assiette où brillaient plusieurs tranches de saumon, et je m'entends encore marmonner dans les sanglots : « J'aime pas ça, j'en veux pas, je vais vomir. »

— Mais qu'est-ce que tu racontes, mon petit ? C'est très bon, le saumon, répétait la marraine à bâbord, qui salivait d'abondance.

— C'est même excellent pour le teint, renchérissait le parrain à tribord, avec sa face de carême.

— J'en veux pas, c'est du corset, j'aime pas les tranches de corset.

— Du corset, en voilà une idée asteure, crachotait le côté gauche, tandis que le parrain, l'œil allumé, prenant sa jeune voisine à témoin, en rajoutait à plaisir : « Ah, ah, mais oui, du corset. S'il est malin, ce petit, une bonne tranche de corset ! J'en reprendrais bien une, moi, mais une toute fraîche, n'est-ce pas, mademoiselle, avec de beaux yeux bleus par exemple, et puis surtout, sans arêtes. »

J'ai mis plus de quinze ans à m'y faire, au saumon, je veux dire à le goûter, à le savourer, à détacher le poisson rose de l'image du corset que je vois encore derrière les draps dans le jardin disparu. Et si, depuis, les baleines ni les jarretelles n'ont plus de secrets pour moi, si j'aime en deviner la présence sous les vêtements de mes amies, voir sur les robes de soie la marque des tentacules à pinces, si j'en retire un plaisir d'avance, plus délicat et d'un vertige moins abrupt qu'à l'heure de la révélation promise, mon dégoût de la couleur rose saumon reste intact, qui rend infranchissable à jamais le passage des cols de dentelles.

Calamity Jeanine

1

Heureusement que le ridicule ne tue pas, je serais mort depuis bien longtemps. Ou, pour être exact, depuis ma rencontre avec Jeanine, la femme de ma vie. Je m'en souviens, je venais juste de fêter mon neuvième anniversaire, c'était l'année où Louison Bobet fut sacré champion du monde.

Je vivais depuis quelques mois loin de chez mes parents, avec ma grand-mère maternelle dans un petit village fleuri comme un cimetière au jour de la Toussaint.

La décision avait été prise lors de la réunion du conseil de famille qui avait suivi les obsèques de mon grand-père. Il était apparu assez vite qu'on ne pouvait décemment abandonner la veuve à la solitude de sa vaste demeure, une bâtisse autrefois tout entière vouée à l'entreprise de pompes funèbres que grand-père dirigeait de main de maître et dans laquelle, à sa retraite, s'était installée une colonie de chats errants, qui l'avait peuplée de haut en bas. La vieille dame les nourrissait et elle se refusait à les quitter.

Elle se disait suffisamment valide, bien qu'elle marchât avec une canne, et d'un caractère trop entier pour souffrir d'être prise en charge comme une vieille.

C'est alors que ma mère avait cu l'idée de me donner pour compagnie à l'ancêtre, proposition saugrenue sur laquelle ses frères avaient sauté de concert à pieds joints.

Je crois bien que papa n'avait pas du tout apprécié cette sortie de ma mère, il avait dû la foudroyer d'un regard noir, tandis qu'elle se rengorgeait d'avoir sauvé la fratrie du déshonneur et de la chape de silence qui l'écrasait. En tout cas, la semaine qui avait suivi la séance et qui précéda mon départ, mon père n'avait pas été à prendre avec des pincettes.

Moi, j'exultais. Partir enfin, prendre l'air, changer de maison, de village, d'école : le rêve !

2

Grand-mère avait beau clamer à qui voulait l'entendre qu'elle avait encore bon pied bon œil à près de quatre-vingt-dix ans, sa canne, ses rhumatismes articulaires, ses paires de lunettes et sa tête qui bringuebalait jetaient sur ces propos une ombre qui ne laissait pas d'inquiéter mon père.

Après avoir rendu visite en douce à mon nouveau maître d'école, qui dut le rassurer, il consentit à me confier aux bons soins de l'aïeule.

Le changement de décor et d'atmosphère suffit au début à me donner cette sensation de liberté que les champs ni les bois ne m'avaient jamais procurée.

Au début surtout.

Au début, parce que l'instituteur m'eut tout de suite à la bonne et que je lui rendis la pareille en l'écoutant comme si ç'avait été un saltimbanque, et parce que je pouvais faire mes devoirs et apprendre mes leçons en toute tranquillité d'esprit, loin de l'œil noir de mon paternel, tandis que grand-mère écossait des pois ou reprisait ses bas ou récitait son chapelet à l'autre bout de la table.

Au début, parce que les tâches ménagères étaient réduites à peu de choses et que grand-mère prétendait les assurer seule, pourvu que les seaux de charbon et le bac à bûches soient pleins.

Au début surtout, parce que le temps marchait du même pas que grand-mère, et que j'en pouvais jouir à plein pour la première fois, sans craindre de me faire houspiller comme j'en avais l'habitude à la maison.

Je venais justement de découvrir au grenier une poussiéreuse *Vie des martyrs* dont les illustrations abondantes et détaillées me duraient comme une extase frissonnante, et je mesurais la chance que j'avais d'être loin des méchants, assis près d'un bon feu, et tout désir de sortir m'avait quitté.

Au début.

Juste avant le corbillard.

Avant Jeanine.

3

Grand Dieu ! le corbillard. Simon en était resté comme deux ronds de flan, la main sur la porte de la grange qu'il venait d'entrouvrir, incapable de faire un pas de plus.

Je me revois très bien la première fois au bord de la route quand il était passé devant chez nous, tiré par ce grand cheval fier harnaché de noir et suivi par une foule de gens en noir eux aussi et l'air accablé, sauf au bout de la colonne, où les conversations allaient bon train et quelques-uns même riaient. Simon, six ans à peine, s'était mis à applaudir et sa mère lui avait tapé sur les doigts et fait les gros yeux. Elle pressait un mouchoir sur sa bouche et son nez était rouge et morveux.

Quand ç'avait été au tour de grand-père Émilien de mourir, on avait remplacé le corbillard attelé par une longue voiture flambant noire que la famille avait suivie au pas sous une pluie fine et tenace, et je me retournais souvent pour voir s'il y en avait derrière qui riaient alors que maman sous sa voilette pleurait comme une Madeleine en soutenant grand-mère.

Simon n'avait pas compris qu'on laisse un si beau corbillard dans la grange au fond du verger le jour de l'enterrement de grand-père et il pensa au cheval noir qui pleurait tout seul à l'écurie, et il en voulut un peu à grand-père ce jour-là de les avoir tous laissés tomber.

4

Le corbillard était intact avec son dais de velours noir à festons, ses broderies à croix d'argent et ses quatre grandes roues cerclées de fer. Simon en caressa amoureusement le cadre en songeant au sourire fatigué de grand-père sous sa moustache de Viking, dans les derniers temps, lorsqu'il redonnait un coup de laque noire aux montants du corbillard en murmurant : « Faut que tu brilles, ma vieille bourrique, que tu sois la plus belle pour mon dernier voyage. »

Moi, je l'écoutais sans saisir tout à fait le sens de ses paroles et je regardais sa main qui tremblait. « C'est la vie, répétait-il de sa voix traînante, mais quand même... hein ? c'est pas de jeu », et il m'ébouriffait les cheveux.

La voix de grand-mère me rappela à la réalité. Je me souvins qu'elle m'avait envoyé chercher un outil de jardinage dans la grange. Lequel ? ça, j'avais oublié. Je saisis la binette au hasard et fus surpris d'avoir visé juste. Grand-mère me dit seulement qu'elle aurait eu plus vite fait d'en fabriquer une.

Simon attendit un peu avant de lui parler de sa découverte, ce n'était pas le moment mais, à dater de ce jour, il n'eut de cesse d'en avoir terminé avec ses devoirs pour se glisser dans la grange et grimper sur le siège du cocher.

Grand-mère finit par s'apercevoir du manège et elle lui coupa l'herbe sous le pied :

— Mais qu'est-ce que tu fabriques donc dans la grange ?

— Rien, mémère, je regarde le corbillard.

— Mon Dieu, comme mon pauvre Émilien ! Il y était toujours fourré, j'avais beau lui dire qu'il prendrait le mal à force, il riait. Ah, pour le cajoler, il l'a cajolé, son corbillard, et dire qu'on n'a même pas pu le mettre dedans pour le conduire au cimetière…

— Mais pourquoi, mémère ?

— À cause de Grisou, le grand noir de l'Antonin, notre voisin. Je ne sais pas ce qui lui a pris, deux jours avant l'enterrement, l'Antonin n'a plus voulu prêter son cheval sous prétexte que les morts lui tournaient le sang. Et depuis c'est un peu comme qui dirait la guerre entre nous, et c'est bien dommage, ma foi, car il a une petite de ton âge, une gentille qui venait me faire la conversation et qui m'aidait pour les commissions. Heureusement, tu es là, mon fiston, maintenant.

— Je suis là, mémère, et je te défendrai toujours contre le voisin.

Elle me tapota la joue, chercha son mouchoir au fond de sa poche et s'essuya le coin de l'œil.

— Allez, va jouer, mais prends garde à ne pas te blesser dans cette grange pleine de vieux machins comme moi.

5

Ça faisait un bon bout de temps déjà que je tirais sur les rênes du corbillard en me racontant des histoires de bandits et de voleurs quand j'entendis qu'on m'appelait. Une voix de fille dans mon dos répétant : « Hé, hé, cow-boy, comment qu'tu t'appelles ? »

La gamine du voisin.

Je me rappelai ce que grand-mère m'avait dit et j'hésitai un instant sur la marche à suivre.

Elle secouait le grillage du verger comme un singe en furie.

Simon s'approcha en restant sur ses gardes.

Elle avait dix ans, onze à tout casser, mais elle le dépassait d'une tête au moins. Maigrichonne, des épis dans les cheveux, habillée à la diable d'une robe-tablier boutonnée sur le devant, avec une ficelle en guise de ceinture, elle avait bien l'air d'avoir l'air, comme aurait dit ma mère.

Je lui dis que je m'appelais Simon... Moi, c'est

Jeanine, coupa-t-elle, et que j'étais en vacances chez ma grand-mère et…

— Qu'est-ce que tu me chantes là ? c'est pas maintenant, les vacances !

Simon comprit tout de suite qu'avec elle la partie n'était pas gagnée d'avance. Il bredouilla :

— Enfin… c'est à cause que mon grand-père…

Elle lui coupa une nouvelle fois la parole :

— J'ai pigé, t'es là pour pas que ta mémère soye toute seule. Alors on va pouvoir jouer ensemble, nous deux. Tu veux bien ?

— Mais ton père ? osai-je.

— Oh, mon père, il dort dans son vin et il en a pour un bon moment, je te dis pas.

Elle éclata de rire devant la tête que faisait Simon. Elle avait une grande bouche rose qui ne se fermait pas tout à fait sur deux rangées de dents carnassières et brillantes, une bouche si grande et si offerte que Simon dit oui sans barguigner, oui pour aujourd'hui et pour demain, oui d'avance à tout ce qui viendrait.

Alors elle avait pris tout de suite les choses en main comme une petite mère. Et rien ne semblait devoir lui résister, ni le haut grillage qu'elle avait escaladé comme une échelle de corde à pieds nus après m'avoir lancé — « Rattrape ! » — ses sandalettes par-dessus la clôture, ni les portes lourdes, bancales et grincheuses de la grange qu'elle avait ouvertes à deux battants en les attrapant par le revers du col et en tirant dessus comme une forcenée ; pas plus les choses du dehors que celles du dedans, la fragilité de Simon, sa sauvagerie à fleur de peau et sa pudeur, qu'elle bousculerait comme une tornade dans un jeu de quilles.

Simon n'en revenait pas. Elle riait en cascade et parlait par courtes rafales, faisant les questions et les réponses. Lui la regardait telle une apparition. Complètement désarmé. Opinant d'avance à tous ses plans.

Elle grimpa soudain dans le corbillard et donna ses ordres :

— On dirait qu'on serait des cow-boys, toi tu serais le shérif et moi la squaw. D'ac ? Alors on...

Simon osa l'interrompre :

— Ça se peut pas, les squaws ne vont pas avec les shérifs.

— D'accord d'accord, t'emballe pas, j'explique : on dirait que le shérif m'aurait capturée et qu'il me ramènerait en prison.

— Pas dans un corbillard tout de même !

— T'occupe, c'est pas un corbillard. C'est un panier à salade. Ouvre tes mirettes, tu vas voir ce que tu vas voir.

Elle sauta de la charrette, avisa une corde qui pendait au mur et, en quelques minutes d'une danse frénétique de bourdon, montant descendant tournant autour du corbillard avec la corde, tirant par-ci, nouant par-là, elle enroula la charrette dans un véritable cocon, laissant Simon complètement ébahi, hors jeu, retenu par cette petite culotte rose qu'elle n'avait cessé de placer sous ses yeux durant l'opération et qui bâillait avec tant d'insolence, offrant et reprenant son mystère comme un prestidigitateur, que Simon, désorienté, n'eut pas le temps de se ressaisir quand Jeanine, plantée devant lui, les joues rouges et les mains sur les hanches, l'apostropha :

— Ben quoi, tu m'écoutes ?

Simon se mit à rougir effrontément. Voyant son trouble, elle se radoucit et, agitant un doigt devant le nez du gamin, ajouta :

— Toi, mon coquin, tu reluquais mes fesses, hein ?

Puis elle rit de bon cœur, l'air arsouille, mais c'était plus que Simon pouvait en supporter, il lui tourna le dos et s'enfuit à toutes jambes, tandis qu'elle criait :

— Mais où tu vas, Simon ? Reviens ! Qu'est-ce qui te prend ? Je rigolais, reviens, je te la montrerai toute, ma petite culotte, et même ma zizoute si tu veux.

6

Deux jours passèrent avant que Simon revienne à la grange après la classe. Il monta dans le corbillard toujours ficelé, s'assit sur le siège du cocher, tira un peu sur les rênes, trouva le jeu idiot, sauta de la voiture, regretta Jeanine, traîna le long du grillage, envoya valser quelques taupinières, grimpa dans le pommier, suivit un cumulus, manqua tomber, se rattrapa de justesse, revint à la grange en sifflant dans une herbe, s'attaqua au cocon (inutile, des nœuds de pro !), se glissa sous le corbillard, revit la culotte rose, répéta « Jeanine », entendit du bruit dans le clos du voisin, se releva trop vite et heurta du front le cul de la charrette, aperçut un gros bonhomme dépenaillé qui arrachait des touffes d'herbes et les balançait par-dessus la haie dans le carré de grand-mère, resta coi, se frotta le crâne en se traitant de couillon, attendit Jeanine, espéra Jeanine, appela Jeanine de tout son cœur, de tous ses yeux, de tout le silence qu'il pouvait, pleura Jeanine, la noya dans un chagrin sans nom et complètement sec, puis, cédant au désespoir, se décida à mourir d'amour dans les jupes de grand-mère, qui s'exclama : « Ah ! tu tombes bien, mon petit, on n'a plus de feu. Va donc me chercher vitement quéques bûches. Après, tu pourras moudre le café. »

Mon désespoir disparut instantanément. Moudre le café, rien ne pouvait me transporter davantage. J'aurais moulu toute la journée, si grand-mère m'avait laissé faire. J'aimais tourner la manivelle du petit moulin fixé au vaisselier et j'aimais le bruit croquant des grains broyés et l'odeur enivrante du café tout frais. Mais le café pour grand-mère était un sacrement. Elle en buvait deux par jour après le repas, le petit doigt en l'air et les lèvres pincées ; moi, je la regardais comme si elle allait d'une minute à l'autre se transformer en princesse de conte de fées, entraîner la cuisine avec elle dans un boudoir avec des lustres, mais elle reposait la tasse et soupirait de contentement, et je me précipitais pour lui en faire un autre, qu'elle refusait en disant : « Non, abuser, c'est pécher, mon petit. » À la maison, mes parents péchaient beaucoup, mais il n'y avait pas de petit moulin et le café bouillait et « raccabouillait » sur la cuisinière et son odeur empestait le goudron.

La nuit de Simon fut agitée. Il cria des choses incompréhensibles qui le réveillèrent à demi.

Alors il vit une dame blanche à son chevet qui lui caressait le front avec des mots très doux, elle avait de longs cheveux argentés qui lui tombaient jusqu'au bas des reins et Simon, quand il eut enfin remis la voix de grand-mère, se tourna et se rendormit.

7

— Debout, Simon ! Il y a une surprise en bas pour toi.

J'entends tout de suite : Jeanine ! Jeanine est là, Jeanine t'attend.

Le temps de le dire, je suis sur mes pieds, aussi frais qu'un gardon. Ce qu'il faut d'eau froide à un chat sur le bout du nez, le peigne de mes doigts deux fois passé dans la tignasse, je dégringole l'escalier quatre à quatre, me précipite dans la cuisine : ma mère !

Ma mère, le chapeau sur la tête, le manteau sur le dos, le noir à col de fourrure qu'elle ne met que pour les grandes occasions. Ma mère en bas noirs et en talons hauts.

La surprise est de taille à faire chanceler Simon : il reste cloué sur place, le visage décomposé, le cœur en compote et qui ne sait plus comment battre ni quelle mesure est la bonne.

— Eh bien, Simon, on n'embrasse plus sa mère ?

La voix m'a fait sursauter. Où est-ce que j'étais ? dans quel désert, cow-boy perdu sans cheval et sans eau ?

Simon s'approche de sa mère assise, elle lui prend tout de suite les mains et le tient à distance et lui tend une joue avare en tournant la tête :

— Attention, mon garçon, ne me décoiffe pas, surtout. Je ne fais que passer. Ta tante Toinette est morte, il y a trois jours, on l'enterre ce matin. C'est une délivrance pour elle, et pour nous. Tu diras une prière pour elle, n'est-ce pas ?

Simon n'a pas le temps de répondre, elle s'est levée d'un bond : « Mon Dieu, neuf heures trente déjà ! Il faut vraiment que j'y aille. Sois sage avec grand-mère, fais bien tes devoirs et pense un peu à nous. On viendra te voir dès que ton père aura fini de retourner le jardin. Allez, je file. »

Ses gants noirs. Un petit signe de la main et hop, envolée, juste le claquement de porte nécessaire pour rappeler que quelqu'un est venu, et les deux qui restent plantés là au milieu du silence ressemblent à des cierges qu'un coup de vent vient d'éteindre.

C'est Simon qui bouge le premier, il se jette contre grand-mère, qui referme ses bras sur lui, et son ventre est un lac au soleil où il peut enfin se laisser aller.

— Dis, mémère, est-ce qu'on est toujours triste quand on est amoureux ?

La vieille dame l'écarte de son ventre pour le regarder.

— Parce que tu es amoureux, toi, maintenant ?

Simon fait mine que oui en se frottant les yeux.

— Eh bien, nous voilà dans de beaux draps. Avec une mère aux cent coups et un fiston qui a des vapeurs, on n'est pas sorti de l'auberge. Et qui c'est-i la donzelle, dis-moi ? Je la connais ?

Simon hésite, puis replonge tout net dans le giron et là, bien à l'abri, murmure : « C'est la Jeanine. »

— Comment ? La Jeanine ? Eh bien, toi au moins, on ne peut pas dire que tu as perdu ton temps. Ah, tu me fais un sacré pistolet !

Simon ne releva pas, mais se redressa d'un bond :

— Je peux aller jouer alors, mémère ?

— Mais tu n'y penses pas, et ton chocolat ?

— J'ai pas faim, je mangerai à midi.

Elle le regarda un moment, la tête branlante, courir dans l'allée du jardin, puis rentra dans l'ombre de la cuisine en secouant les épaules. Il n'y a plus de jeunesse, pensa-t-elle. À ce train-là, ils seront vieux avant de commencer à vivre.

8

Il n'y avait personne près de la porte de la grange, personne dans le jardin d'à côté ; les volets de la maison de Jeanine étaient clos, nulle trace dans l'herbe haute et mouillée du verger, aucun signe de vie, seul le poids de l'automne écrasant le ciel d'albâtre sur les branches du pommier.

Simon n'avait pas le cœur d'ouvrir la porte seul, il s'adossa à la grange, s'accroupit et attendit. Non, ce n'était pas à cause de maman qu'il s'était effondré tout à l'heure, ni de la tante Toinette avec sa dent unique et son poil noir au menton, mais à cause de Jeanine, du mauvais rêve qu'il avait fait et de sa déception au réveil.

Une pomme roula près de mon pied, je voulus me relever pour l'attraper, mais je me sentis soudain retenu par les épaules. Je levai les yeux et Jeanine fut sur moi.

— Je t'ai eu, je t'ai eu ! Tu croyais que je ne viendrais plus, hein ? Eh ben, tu vois, t'as tout faux.

J'étais toujours accroupi et elle me chevauchait et, bien qu'elle ne s'appuyât pas sur mes genoux, elle m'empêchait de me relever. Elle portait la même robe-tablier que l'avant-avant-veille avec sa ficelle autour de la taille, mais Simon remarqua que le dernier bouton avait sauté, qui lui mettait la petite culotte juste sous le nez. Une bleu roi satinée, avec une bordure de dentelle blanche. Vite, il regarda Jeanine :

— Tu as gagné. Entrons dans la grange, j'ai froid.

— D'accord, mais c'est moi le chef.

Elle se redressa et ouvrit les portes. Simon ne savait pas bien pourquoi, mais il regretta aussitôt d'avoir parlé. Lorsqu'elle voulut refermer les portes sur eux, Simon cria : « Non, il faut que j'entende grand-mère, elle va m'appeler pour déjeuner. » La vérité vraie, c'est que j'avais peur du noir. Mais je ne pouvais pas l'avouer, elle se serait fichue de moi.

— Une seule alors ?

La suite fut une avalanche de mots qui m'étourdit et me laissa sans force, à sa merci :

— … et tu serais mon prisonnier, tu te coucherais dans le chariot et je t'attacherais les mains et les pieds pour pas que tu te barres et que je perde la prime de cent mille dollars…

Je n'eus pas la force de répliquer que c'étaient pas les shérifs qui touchaient la prime mais les chasseurs de bandits, je m'allongeai dans le corbillard et tendis benoîtement mes mains.

— Mince, la corde ! On n'a plus de corde.

Elle se tut, soudain grave, et chercha des yeux autour d'elle une solution. « Que je suis bête ! s'écria-t-elle après un court moment, et dire que je n'y pensais pas ! j'en ai une sur moi », et elle dénoua la ficelle qui serrait sa taille.

— Tes mains, d'abord ! ordonna-t-elle, et je m'exécutai.

Jeanine enjamba Simon et s'accroupit au-dessus de son ventre. Dans la position où il était, il lui aurait suffi de lever un peu la tête pour voir sa culotte, mais il ferma les yeux tandis qu'elle se battait avec les nœuds (faire et défaire, c'est toujours travailler, disait papa) tout en chantonnant *Marinella nanananananana*, puis elle dit :

— La ficelle est trop courte pour tes pieds. Alors on dirait qu'ils sont menottés, d'accord ? Tu ne peux pas les bouger. Et regarde-moi quand je te cause, t'es mon prisonnier.

Il avait beau faire, braquer ses yeux sur Jeanine, le bleu roi de la petite culotte le ramenait entre ses jambes.

— Toi, t'as jamais vu une zizoute de fille, hein ? Si t'es sage, je te la montrerai tout à l'heure…

— T'es lourde, dit-il pour ne pas répondre, tu me fais mal.

Elle se leva et l'on entendit grand-mère qui appelait. Simon gigota un peu, mais ne parvint pas à se détacher, alors la fillette se pencha pour défaire le nœud, elle semblait désolée :

— Simon, je te ferai une surprise cet après-midi. Tu viendras ?

— Oui, mais ça sera moi le chef alors ?

— Ça marche.

Il se retourna dans l'allée pour la regarder qui escaladait le grillage. Une vraie Tarzane, pensai-je. J'étais heureux comme jamais et j'avais une faim de loup.

9

— T'en as mis du temps ! Ça devait être vachement bon. Moi, mon vieux roupillait encore, alors j'ai juste mangé une tartine.

J'avais fini par comprendre que Jeanine ne devait pas avoir la vie belle tous les jours. Depuis que sa mère était morte en couches avec le bébé, une histoire de siège qui avait mal tourné, Jeanine vivait seule avec son père, qui s'était mis à boire plus que de raison, et tout était allé à vau-l'eau. Il avait vendu sur un coup de tête à un cirque de passage six des pur-sang qu'il bichonnait comme des princesses et n'avait gardé pour sa fille que le dernier-né, qu'il appelait Grisou à cause de sa robe noire et de ses yeux de feu. C'est celui-là qu'il attelait au corbillard de grand-père du temps qu'ils se fréquentaient encore, parce que grand-père avait déployé tout son savoir-faire pour rendre à sa défunte Lucille son visage de madone et lui offrir un enterrement de première classe. Puis leurs rapports s'étaient subitement détériorés pour une raison inconnue, mais qui, selon Jeanine, tenait beaucoup au caractère de plus en plus sombre et irascible de son père, que l'abus d'alcool n'arrangeait pas. C'est Jeanine après sa journée à l'école des sœurs qui s'occupait de lui, le calmait et le couchait comme un enfant. Elle disait qu'il ne l'avait jamais frappée, que c'était au fond un homme doux, sur qui les malheurs avaient fondu et que c'était bien triste une vie comme la sienne.

Quand ils étaient montés dans le corbillard, ils s'étaient allongés tout de suite côte à côte sur des couvertures trouvées dans un coin de la grange, pour écouter la pluie qui s'était mise à tomber, et sur je ne sais plus quelle remarque de Simon, peut-être à propos de la manière qu'elle avait d'appeler son père « mon vieux », ils en étaient venus aux confidences à mi-voix, les mains jointes posées sur le ventre comme deux parfaits gisants. Simon avait été le moins loquace, car il avait tout de suite été ravi par la voix de Jeanine, qui prenait dans cette position couchée des inflexions de source dans un bois moussu, quelque chose d'infiniment tendre qui lui rappelait ses collines et qui contrastait fort avec la voix rieuse et décidée qu'elle avait dans leurs jeux.

Quand elle s'arrêta de parler, le crépitement de la pluie sur le toit de tôle se durcit comme pour leur rappeler sa présence et prendre le relais. Il fit plus froid tout à coup et Jeanine me serra tout contre elle.

Pour Simon, le bonheur fit un tel saut dans sa vie de Poucet timide et rêveur qu'il eut le sentiment d'être transformé en prince comme le corbillard en un carrosse plein de coussins et de dorures. L'instant d'après, il était Christophe Colomb au moment que la vigie se met à crier Terre, qui voit l'horizon se signer et l'océan devenir une simple rivière.

Jeanine était toute chaude et frissonnait. Alors Simon s'abandonna entièrement comme il avait tant de fois désiré le faire contre sa mère, qui trouvait toujours un prétexte pour le repousser. L'Amérique existait bel et bien, il pouvait en sentir battre le cœur. Il allongea son bras pour enlacer Jeanine, mais elle, soudain, roula sur lui en riant et se redressa. Ce fut brutal comme si la caravelle venait d'emboutir un récif. Elle lui plaqua les mains au sol en criant, le visage révulsé :

— Si tu bouges, cow-boy, tu es mort ! Je suis le grand Géronimo qui n'est pas rigolo. Rends-toi, ou je te scalpe !

Simon suffoquait, il ne pouvait rien répondre. Quelque chose venait de s'écrouler en lui qu'il était incapable de nommer et qui lui nouait la gorge. Alors, il se débattit, mais elle était plus forte que lui et tint bon. À genoux, elle pesait maintenant de tout son poids sur ses mains et sur son buste.

— Allez, ne fais pas ta mauvaise tête, ce n'est qu'un jeu.

— Tu as triché. Je ne joue plus avec toi. Laisse-moi me relever !

— Écoute, je t'ai promis une surprise. Si tu la veux, tu fermes les yeux et tu ne bouges pas. Après, c'est toi qui seras le chef, promis, croix de bois, croix de fer, si je mens, je vais en enfer. D'accord ?

Simon hésitait, tiraillé entre l'envie de savoir ce que cette petite garce de Jeanine lui réservait et le désir d'en finir vite, de se jeter dans un fauteuil près du feu et de poursuivre l'histoire de Christophe Colomb dans ce beau livre illustré que grand-mère lui avait offert pour remplacer ce livre des martyrs qui lui donnait des cauchemars et qu'elle avait rangé. Il n'avait plus envie d'être le chef et il avait froid et son dos commençait à lui faire mal.

— D'accord, dit-il enfin, mais vite parce que grand-mère m'attend.

— Bon, promets alors de garder les yeux fermés et de ne pas bouger jusque quand je te dirai.

Simon jura.

Jeanine se releva et j'entendis résonner le plancher du corbillard, elle tournait autour de moi comme pour brouiller les pistes, s'arrêta à ma hauteur, j'eus l'impression soudain qu'elle fouillait dans ma poche. J'avais toujours les mains sous la tête ainsi qu'elle les avait disposées après que j'eus promis, et elles me démangeaient. La pluie avait cessé. Des oiseaux criaillaient dans le pommier. Je m'aperçus que j'avais oublié Jeanine, elle devait être tout près et faisait la morte. J'allais ouvrir les yeux quand sa voix me surprit :

— Attention, ne bouge pas encore, regarde seulement.

Les paupières de Simon battirent plusieurs fois rapidement. Jeanine était debout, au-dessus de lui, les jambes écartées. Il pouvait tout voir et ne vit qu'une chose, c'est que la petite culotte bleu roi avait disparu, mais déjà Jeanine avait sauté de côté :

— Et voilà, c'est fini, tu l'a vue, ma zizoute. Maintenant, tu peux te lever. C'est toi le chef.

Et elle se mit à rire aux éclats en voyant la tête que tirait Simon. Il se leva, sauta du corbillard et, à la porte de la grange, il se retourna et dit d'une voix rogue :

— Tu es bête comme tout et je ne jouerai plus jamais avec toi, na !

Elle cria, mais il était déjà loin et ne répondit pas.

10

Je ne devais jamais revoir mon premier amour.

Grand-mère mourut d'une embolie trois jours après cette scène.

Si Jeanine suivit le cortège, comme je le crois, je ne l'aperçus pas à travers les larmes qui brouillaient mes yeux, et je me demande même si j'eus pour elle une pensée tellement j'étais triste d'avoir perdu grand-mère, qui m'aimait comme personne, tellement je m'en voulais aussi de lui avoir volé toutes ces heures pour une arsouille qui n'avait rien compris à rien.

C'est en cherchant mon mouchoir dans ma poche le soir de notre dispute que j'avais trouvé la petite culotte de satin bleu roi. Je l'ai gardée en la cachant pendant des années. Elle me consola dans la solitude de mon lit au fond du dortoir glacial du pensionnat, parmi les ronflements et les cris de souris des internes qui rêvaient. Je la frottais sur ma joue pour m'endormir et je me disais qu'un jour je la rapporterais à Jeanine, qui m'attendait sûrement et qu'elle serait heureuse de la mettre pour moi.

Une autre femme est venue, que j'ai aimée. Je n'ai pas retrouvé Jeanine si j'ai jamais cherché à la revoir. Elle doit être mariée à présent, vivre ailleurs, avoir des enfants. Peut-être même..., mais non, c'est impossible. Il me suffit de froisser au fond de ma poche le petit triangle de satin bleu pour entendre son rire clair, voir sa grande bouche rose s'animer et sentir sur mes lèvres le baiser que j'ai en vain espéré dans la grange.

Péché mignon

1

Au vrai, c'est à confesse que le goût du péché m'est venu. L'annoncer comme ça, crûment, me fait un drôle d'effet, parce qu'il faut toujours — maman ne cessait de le rappeler à Simon — avoir un dégoût sincère du mal qu'on a fait et que j'ai l'air, moi, de m'en réjouir comme d'une bonne blague.

D'abord, j'ai mis du temps à comprendre ce que c'est qu'un péché, un vrai péché comme on dit une vraie pomme ; à distinguer les petits des gros, les véniels de ceux qu'on disait mortels, d'autant plus que les petits à eux seuls déjà se partageaient, selon la qualité, le caractère, les circonstances, la fréquence et le degré d'intention, un peu, beaucoup, passionnément, une échelle si subtile que la gamme pouvait alors sembler extensible à l'infini, allant du minuscule au majuscule ou petit gros en passant par le moyen petit et le gros moyen. Bref, je n'en sortais pas. Sans compter que l'addition de tous ces petits pouvait très bien finir par former un vrai gros, un de ces mortels qui vous assuraient d'un coup un enfer en sept dimensions, cent fois pire que tout ce qu'on pouvait imaginer si la mort nous surprenait dans ce triste état.

Aussi je péchai longtemps en toute innocence, emporté par la curiosité, la colère ou l'envie. Je ne crois pas avoir eu jamais à cette époque la sensation de faire du mal, en tout cas jamais avec intention. J'étais simplement dépassé par moi-même. Mais comme tous les samedis, depuis que j'avais fait ma communion privée, mes parents m'envoyaient à confesse, il me fallait bien trouver quelque chose à avouer à Monsieur le Curé, de quoi satisfaire son oreille tendue dans l'ombre derrière la grille de bois ciré.

Je me fouillais le long du chemin en fouettant les graminées, en canardant les moineaux avec des marrons, en courant après les oies de la baronne, qui me tançait de sa fenêtre.

Résultat, quand venait mon tour d'entrer dans la boîte à péchés, comme disaient mes copains, quand le grillage de bois coulissait, qui me faisait inévitablement penser au couperet de la guillotine dont monsieur Lenoir, notre maître, passionné de Révolution française, nous rebattait les oreilles d'année en année, car l'école était à classe unique, et je tremblais d'avance devant le trou noir, résultat : plus rien à dire, que dalle, du vent. Impossible de me souvenir des fautes que je m'étais dénichées non sans mal.

Alors, je répétais, de semaine en semaine, en bégayant, les mêmes peccadilles inusables : j'ai désobéi à maman deux, non, trois fois ; je me suis encore disputé avec un camarade, mais c'est lui qui avait commencé, j'vous assure, Monsi… heu, Mon père ; j'ai maraudé des prunes dans le jardin de la Maryse, mais j'étais pas seul, j'ai, j'ai, j'ai. Passons.

De temps en temps, je variais un peu, j'inventais de toutes pièces un péché moyen, disons demi-gros, pour être crédible, ou j'en empruntais un plus salé à un copain du caté.

2

Après le petit laïus d'usage, je recevais ma punition, deux ou trois *Ave* et un *Pater*, dont je mélangeais encore un peu les paroles. Je m'acquittais de cette pénitence avec plus d'application que de conscience, du moins au début, par crainte de l'enfer où, d'après ce que m'avait raconté un grand de septième, je n'en finirais pas de brûler, tourné et retourné comme un cochonnet à la broche par des diables noirs à queue et oreilles pointues, si jamais j'étais écrabouillé par un camion sur le chemin du retour.

J'en avais fait de tels cauchemars que ma mère, en pleine nuit essuyant mes larmes sur ses seins, avait consenti à répondre à mes questions.

Primo, ceux qui m'avaient raconté ces sornettes ne savaient rien de l'enfer puisqu'ils n'y étaient pas allés.

Deuxio, les petits enfants ne commettent pas de péchés mortels.

Troisio, s'ils meurent en état de péché, ils iront faire un tour au purgatoire.

C'est quoi, le purgatoire ? Eh ben, c'est comme qui dirait une sorte d'antichambre où il faut patienter avant d'être admis au paradis.

— Comme derrière la vitre quand on est malade ou puni et qu'on ne peut pas sortir et qu'il fait beau dehors et que les autres s'amusent comme des fous ?

— C'est à peu près ça, oui.

Un temps. De quoi se représenter l'horreur de la chose et puis j'enchaînais en reniflant un peu pour rester dans la note et dans la chaleur de maman :

— Et les gros péchés, c'est comme quoi alors ?

— Eh bien, tuer, par exemple.

— Même les méchants ? ceux qui voudraient nous tuer ?

— Tuer, c'est tuer, Simon.

Elle avait changé de ton, elle commençait à s'impatienter. Je dis vite :

— Alors, Kit Carson, il ira en enfer, lui ? C'est pas juste.

— Écoute, Simon, je ne connais pas c't'homme-là. Je sais seulement que tuer est un péché mortel et qu'il faut dormir maintenant.

Je fis une dernière tentative pour la retenir :

— Et si c'est une grosse araignée noire comme celle que t'as tuée hier, tu iras en enfer ?

Mais elle se dégagea sans répondre, me borda doucement et s'en fut.

Quand Simon partait dans les questions, sa mère savait qu'il n'y avait rien pour arrêter la machine comme de lui tourner le dos, reprendre son torchon et renvoyer Simon à qui de droit, son père qui, c'était cousu, le renverrait à l'instituteur ou au curé. Mais Simon ne se tenait jamais pour battu et revenait à la charge au bout d'un long silence, le nez perdu dans l'herbe, les nuages, effeuillant une marguerite au fond du jardin ou conversant avec les lapins du clapier.

— Oh, le crampon ! soupirait maman.

3

Une fois la peur de l'enfer écartée, la contrition disparut comme par enchantement et le temps de pénitence s'ouvrit à tous les vagabondages possibles.

Simon allait impénitent sur ses dix ans quand eut lieu l'incident qui devait changer du tout au tout sa conception du péché et sa pratique de la confession.

Un jour qu'il s'était agenouillé à deux pas du confessionnal (ce qu'il ne faisait jamais) pour brader vite fait ses *avepater* et que, distrait, sans doute happé par un rayon de soleil tombé du vitrail, avec sa galaxie de poussières virevoltantes, il rêvassait, Simon fut soudain tiré de sa contemplation par une violente bouffée de parfum. Il en fut si troublé que pendant un instant la réalité lui échappa de sa présence à lui, Simon, en ce lieu, dans la pénombre et les chuchotements des bigotes, et il se retrouva désert un peu comme lorsqu'on sort d'un endormissement dans l'herbe en plein après-midi et l'on ne reconnaît plus rien, et l'on met un certain temps à comprendre ce que les gens autour de soi nous veulent avec leurs grands gestes, qui ils sont, ce qu'ils font là et dans quel idiome ils peuvent bien s'exprimer.

La femme, car ce parfum-là ne pouvait provenir que d'une femme, et encore, pas d'une campagnarde, on était en semaine, et puis Monsieur le Curé avait proscrit les parfums et les fards chez ses paroissiennes, la femme donc était passée à mon nez et à ma barbe, elle avait soulevé le rideau du confessionnal, l'avait laissé retomber sur elle, et moi dans ma galaxie poussiéreuse, je n'y avais vu que du feu. C'était fort de café.

4

C'est le bruit de la grille de bois derrière le rideau qui me remit sur mes pieds. Ça commençait : j'étais tout yeux, tout ouïe. Dans trente secondes, j'en aurais mis ma main au feu, la dame allait réapparaître, furibonde, parce que le curé aurait refusé de l'entendre et la renvoyait chez elle pour se déparfumer. Et profitez-en pour vous débarbouiller un peu ! Ce n'est pas un bal champêtre ici, et vous n'êtes pas venue pour séduire Notre Seigneur, mais pour lui demander humblement pardon de vos fautes.

Je regardais le rideau avec l'attention d'un chat épiant sa proie et j'aperçus tout à coup les deux jambes qui dépassaient de la boîte. Coupées à quelques centimètres au-dessus du genou, c'étaient deux belles jambes apaisées, innocentes et comme offertes au loup sur le plateau du confessionnal. Ainsi disposées, dans leur fourreau de nylon gris que satinait le ruisseau d'or pâle obliquement déversé par le vitrail, elles prenaient un relief, une densité, un luisant d'ablettes fraîches sur l'étal du marché.

D'un coup, Simon fut pris. Comme lorsqu'il suivait les mouvements d'une truite entre les herbes du bord de la rivière. Il sentit que son regard ne pouvait plus se détacher de la paire de jambes immobiles à deux pas de lui.

Le monde alentour disparut, les murs de l'église s'effacèrent, le confessionnal, le rideau, son corps même. Il devint ces jambes-là, de la tête jusqu'aux pieds. Au point de ne plus les distinguer, au point d'en sentir la chair frémir au bout de ses yeux, le galbe s'arrondir sur ses lèvres, le sang lui battre au creux du ventre.

Tout à coup, les jambes se mirent à bouger et Simon éprouva la sensation de partir avec elles. De tout son long. Il suffoqua. Le prie-dieu piquait du nez. Oh, mon Dieu !

Simon ne se rétablit in extremis sur ses pieds qu'à la faveur d'un sursaut du diable.

5

Je mesurai alors l'ampleur du scandale que j'aurais provoqué si j'étais tombé la tête la première dans les jambes de l'inconnue, j'entendis son hurlement de surprise, je vis le curé jaillir comme un beau diable de sa boîte, les bras au ciel et l'étole en tempête ; j'entrevis toutes les suites de l'affaire : le retour à la maison, trottinant, pleurnichant, traîné par le vieil homme à soutane élimée, qui me tirait l'oreille sans dire un mot, proche de l'apoplexie ; la colère de mon père en bleu de chauffe, qui agitait ses mains comme des ailes ; la dérouillée brouillonne ; ma mère s'essuyant les yeux dans son tablier en réclamant qu'on lui dise bon sang de bonsoir ce qu'elle avait bien pu faire au Bon Dieu pour mériter un fils pareil ; le dîner à la cave à sucer mon pouce et compter mes ecchymoses, et puis en bout de course toutes mes permissions supprimées jusqu'à résipiscence, les devoirs et corvées multipliés à l'envi, bref, l'enfer à domicile.

Je l'avais échappé belle.

Personne n'avait crié, les murs de l'église étaient à leur place, le confessionnal, les jambes de l'inconnue et moi, derrière, à distance respectable, assurant avec un pied par terre mon équilibre sur le prie-dieu.

Le parfum de la dame n'avait pas quitté mes narines et, s'il ne me troublait plus, il maintenait vive en moi la curiosité de savoir à qui il appartenait.

Je patientai en m'efforçant de détourner autant que possible mon attention de la paire de jambes, mais plus je regardais ailleurs, plus j'avais la sensation qu'elles me suivaient du coin de l'œil, qu'elles m'appelaient même, m'attiraient à elles et cherchaient à me retenir ; plus je me voulais absent, plus leur présence se faisait sensible.

Je ne parvenais pas à comprendre comment une simple paire de gambettes gris souris pouvait exercer un tel pouvoir sur un garnement qui n'y entendait rien.

6

Jamais en effet, Simon ne s'était soucié des jambes des femmes, pas même de celles de sa mère quand il passait son temps sous la table à reluquer sous ses jupes dans l'espoir d'entr'apercevoir son fameux corset à baleines.

Certes, il avait bien dû remarquer les jambons de la grosse Irma, parcourus de varices bleues et de taches pâles, comme des poteaux de couleurs, mais elle le dégoûtait tellement, comme j'ai dit, qu'il s'en était tout de suite détourné.

Les autres, à moins de boiter ou d'être difformes, n'avaient pas de jambes pour lui.

La mode de l'époque, à la campagne surtout, n'était pas au pantalon pour les dames : elle ne viendrait quelques années plus tard qu'avec le tracteur et la mobylette. La minijupe non plus n'avait pas encore fait sa fracassante apparition, si bien que les femmes avaient beau avoir toutes deux jambes, le morceau qu'elles en montraient présentait le plus souvent peu d'intérêt.

Du moins, pour Simon, dix ans bien sonnés, que cette partie du corps féminin laissait de bois.

Non, ce qui excitait sa curiosité, c'était les seins, oh pas leur volume ni leur forme, il n'en avait encore jamais vu en vrai, à part ceux de la petite Pauline, treize ans avoués, onze échus, une grassouillette aux yeux de poisson qui cherchait sans arrêt à lui toucher la bistouquette en échange de ce qu'elle appelait ses lolos, deux poches minuscules à gros bout rouge ; non, ce qui l'attirait, Simon, c'était la petite rigole qui sépare les deux ballons, cette gouttière que la sueur fait briller, où maman, quand il était petit, lui laissait parfois glisser un doigt pendant la lecture du soir, c'était divin.

7

Pourtant, à l'église ce jour-là, il n'y en eut que pour les jambes.

Elles semblaient là, intactes, vigoureuses, triomphantes, juste faites pour provoquer Simon. De toute la force de leur abandon, de toute la rondeur de leur innocence, elles le provoquaient.

Simon avait cessé toute résistance. Elles avaient gagné la première manche, il gagnerait la seconde. Elles ne se doutaient encore de rien.

Il les prit comme à revers, par la couture du bas. Comme le pêcheur remontant des yeux le long de sa ligne prête l'oreille aux soubresauts de sa proie, puis laisse filer un peu pour le plaisir.

Des modestes escarpins noirs à l'ourlet du rideau jaunâtre, la distance n'était pas longue, certes, mais elle était bien suffisante à un apprenti pour affranchir ses yeux et affiner ses sens. Car la couture est un chemin de crête, elle épouse la moindre ondulation du terrain et, pour peu que la belle contrite soupire, on en peut suivre le frémissement sur la ligne. Soupirez donc, madame, et soupirez, mes beaux poissons, la mer est grise sur vos bas, mais je vous tiens au bout des yeux.

Les jambes de l'inconnue étaient lisses et sans accroc le bas gris, mais pour Simon, qui ne pouvait plus se soustraire à leur emprise, il y avait là comme un paysage à explorer. Des creux de chevilles aux fines veines bleues comme une vallée avec ses eaux de torrent prometteuses, des collines molletières si effrontées qu'il n'y a que les lèvres pour les calmer, des plis de genoux où le souffle se précipite comme happé par un gouffre. Gare, Simon, gare à ne pas sombrer corps et biens dans la crevasse qui les sépare et qui mène Dieu sait où !

Simon s'égarait, il était le long de la ligne comme le poisson qui remonte le courant et qui déjà entend au creux de ses reins des langueurs océanes.

Près d'atteindre l'ourlet du rideau, où l'aventure commence, il perçut le claquement sec du grillage qui se ferme, et revint à lui.

La tenture s'écarta, et le corps de l'inconnue parut, si plein, si vivant, si irréel et si proche à la fois qu'il eut peur d'un coup et ferma les yeux.

Trop tard, une rougeur énorme l'envahit, la bouffée de parfum l'enveloppa, quelque chose d'inouï le traversa comme une lame de bonheur, qui le confondit un instant, puis tout retomba.

Il rouvrit les yeux : la femme était à quelques mètres de lui, de trois quarts, la tête dans les mains, agenouillée. On aurait dit qu'elle pleurait.

8

Eut-il honte d'abord de ce qu'il avait fait ? je ne m'en souviens pas, car une espèce de fatigue bienfaisante m'avait gagné, qui me laissa vacant.

Le confessionnal était vide, la femme n'avait pas changé de position, j'étais bien. Je pensai : C'est peut-être ça, le goût du péché.

9

Simon en aurait le cœur net, il reviendrait la semaine prochaine derrière le confessionnal.

Il s'agenouillerait.

Il attendrait.

Pour l'heure, dans son état, mieux valait faire attention sur le chemin du retour : un malheur est si vite arrivé.

Cavalerie légère

1

J'aime les chevaux et la lingerie fine. Entre les uns et les autres, le rapport n'est pas de première évidence. Sauf pour Simon qui, à dix ans bien sonnés, possédait encore l'ignorance des simples et une candeur de demoiselle de la Sainte Famille.

Les chevaux, les fiers alezans à crinière de feu dans le soleil, Simon, ça le connaît. Depuis qu'il sait marcher. Eux galopent infiniment d'un bord à l'autre du pré qui longe sa maison et jamais ils n'ont oublié de saluer d'un beau mouvement de tête en passant la présence attentive et souriante du gamin de l'autre côté de la clôture. De temps en temps, ils s'approchent de lui, tendent leurs naseaux fumants pour une caresse puis lèchent la main de l'enfant réjoui avant de piquer des quatre fers et de repartir en hennissant pour un tour dans la lumière verte. Ceux-là sont mes vrais amis, je peux leur confier mes chagrins, ils m'écoutent d'un œil brillant qui arrondit les angles et qui console.

Les matins d'été, c'est encore eux qui me réveillent comme s'ils frappaient de leurs sabots à la fenêtre de ma chambre. Un soir sur deux, quand la fatigue ne m'a pas jeté comme un bloc de ciment au creux des draps, je m'endors en rêvant de chevauchées dans des plaines qui ne finissent pas.

Une seule fois, une seule, grand-père Eugène m'a juché sur Bijou, son unique cheval, un ardennais impressionnant qui tirait d'un coup de reins la charrette de foin ou le tombereau de betteraves.

Ça n'a pas traîné : Bijou a frissonné de la croupe et Simon a tout de suite pleuré pour qu'on le fasse descendre.

On a remis le Far West à plus tard.

2

Plus tard, j'avais donc dix ou onze ans et je n'ambitionnais pas encore d'autre carrière que celle de cow-boy, à l'instar de Kit Carson, dont les aventures dans la poussière de l'Ouest fabuleux me passionnaient, quand celui que ma mère appela l'oncle Paul fit son apparition un beau matin de juillet. Il se découpa dans la lumière du seuil avec une telle vigueur que je me crus l'espace d'un instant projeté dans la fenêtre de ma bande dessinée au moment même où Carson franchissait les portes du saloon, instaurant d'un coup un tel silence que le léger battement des portes dans son dos fit l'effet d'un concert de mouches. D'un bon millier de mouches applaudissant debout.

— Ah, un revenant ! dit en guise d'accueil ma mère, qui tenait encore le ramponneau à café dans sa main. Eh ben, on ne pourra plus dire que tu as perdu la boussole.

— Allons, allons, petite sœur, toujours d'aussi

bonne humeur à ce que je vois, dit-il en enlevant son chapeau et en se penchant pour l'embrasser sur les joues.

Vêtu de blanc des pieds à la tête, un œillet rouge à la boutonnière, l'oncle Paul porte beau : grand, mince, il a le cheveu long et gominé, un visage de cuir tanné qui fait ressortir le bleu de ses yeux et, pour fixer le portrait, une fine moustache noire à la Clark Gable qui lui donne l'air insouciant et sûr de lui d'un acteur en goguette.

Assis par terre, je le dévorais des yeux. Ma mère me fit lever pour présenter sans aménité cette espèce de malpoli qui s'appelle Simon. À quoi l'oncle répondit que j'étais un vrai beau gaillard déjà, puis il éclata d'un rire si jeune que je pris instantanément son parti contre ma mère, qui s'était remise à maugréer :

— Ah, tu peux bien rire, va, c'est tout ce que tu as jamais su faire. Quant à venir nous voir, n'en parlons pas : Monsieur a d'autres chats à fouetter…

— Mais tu ne t'arrêtes donc jamais de grogner ! Méfie-toi, c'est mauvais pour le cœur.

— Parce que tu crois que tes galipettes…

— Oh, arrête avec ta morale à deux sous, tu veux ! Si tu m'offrais un verre plutôt ? dit-il en s'asseyant.

Maman s'empressa de me faire remarquer qu'il faisait un soleil magnifique et que je serais mieux dehors car ils avaient à parler de choses qui ne me regardaient pas. Je fis celui qui n'a pas d'oreille et, collé à l'oncle moustache et dents blanches qui riait à nouveau, j'attendais un secours, qui ne vint pas. Les yeux de ma mère lancèrent des flammes, je sortis. Et comme je résistais sur le seuil, maman me ferma la porte au nez.

3

De temps à autre, je me relevais du milieu des petits soldats qui jonchaient le tas de sable pour jeter un œil à la fenêtre.

L'oncle Paul, bras ballant sur le dossier de sa chaise, une cigarette au bec, souriait à ma mère, l'air sombre, de l'autre côté de la table, qui parlait debout en versant du café dans les tasses. Je n'entendais pas un traître mot de ce qu'elle disait et j'en étais mortifié.

De dépit, je donnai un grand coup de pied dans le sable, maudissant mon infortune, mes culottes courtes, ce soleil de bois, la porte close, ma mère et ses cachotteries, ces jouets de deux sous décolorés, hors d'usage — la tête écrasée de l'un, l'arme recourbée de l'autre, la jambe ou le bras écrasé d'un troisième — bref, juste bons pour le sable, la pluie, la neige, tous les temps.

L'envie comme un coup de fusil de partir loin me prit au ventre : je fis le tour de la maison en courant.

Le spectacle qui m'attendait derrière la grille m'arrêta net et me fit regretter aussitôt toutes les mauvaises pensées qui venaient de me traverser.

Attelé à un fourgon de couleur beige, une sorte de caisson rectangulaire posé sur quatre roues de charrettes comme on en voyait encore à la campagne après la guerre, un cheval bai attendait son maître en broutant les fleurs qui dépassaient du grillage clôturant le jardinet de maman.

BONNETERIE PAUL GUÉRET

clamait en capitales bleu roi l'inscription peinte sur le flanc de la voiture, puis, en plus petit, dans une cursive fleurie à l'anglaise

Le Fin du Fin pour les dames

Suivaient dans un caractère romain rouge sang des noms qui ne disaient rien à Simon

GETIEN — LEJABY — NEYRET — SCANDALE

tandis qu'une dernière mention en anglaise affirmait

La Haute Couture au plus Bas Prix

Simon haussa les épaules.

N'était le cheval qui continuait à mâchonner l'herbe arrachée au parterre, n'étaient le siège vacant du cocher et les rênes accrochées à la grille, j'avoue que ma déception eût été complète à l'idée que l'oncle Paul, dont la prestance m'avait fait si grand effet, pût passer son temps à vendre des bonnets. Je ne sais plus à quelle vie aventureuse mon imagination en roue libre l'avait destiné, en tout cas ce ne pouvait être à ce commerce sans envergure.

Simon se trompait, mais depuis que sa mère s'en était fait une spécialité, des bonnets, depuis qu'elle rassemblait à leur usage toutes les laines récupérées sur des chandails qui avaient vécu et lui tricotait ces coiffes multicolores à pompons et oreillettes qui le ridiculisaient, il ne pouvait plus les voir en peinture. Car sa mère l'obligeait à en porter au long des hivers de l'Est, pluie, neige, vent de glace ou soleil — « Soleil d'hiver est deux fois traître », disait-elle, sentencieuse —, tout cela sous prétexte qu'il était de santé fragile. Mais il suffisait à Simon de regarder le visage de sa mère lorsqu'elle l'accompagnait des yeux sur le chemin de l'école pour savoir que la vraie raison de son obstination était ailleurs : elle rayonnait de fierté devant l'œuvre de ses mains.

Pauvre maman ! Si elle avait pu voir avec quelle violence Simon se débarrassait de ses chefs-d'œuvre une fois tourné le coin de la rue, si elle avait pu imaginer la joie rageuse avec laquelle il piétinait dans la gadoue les bonnets que des vauriens lui avaient prétendument chapardés, et comme il riait dans ses larmes de crocodile en le lui racontant, mon Dieu, quelle tête elle aurait tirée, la pauvre petite bonnetière !

4

— Alors, bonhomme, il est fringant, Beau Jeu, non ?

Je sursautai. L'oncle avait remis son chapeau, il s'approcha du cheval, le détacha et lui flatta le museau.

— N'aie pas peur, c'est un caresseux. Tout comme moi, dit-il avec un clin d'œil à ma mère, qui tordit son torchon.

— Allez, à la revoyure, lança-t-il, rieur, en grimpant sur le siège. Un de ces jours, bonhomme, je te ferai faire un tour avec Beau Jeu. Hue, Beau Jeu, hue ! On nous attend !

Je criai vivement :

— Et je pourrai tenir les rênes alors ?

Le gravier crissa, le fourgon s'était déjà mis en mouvement, mais j'entendis quand même la promesse de l'oncle et me tournai heureux vers ma mère :

— Tu vois, il m'a promis.

— Oui, ben compte là-dessus et bois de l'eau, dit-elle en me tournant le dos, les promesses de l'oncle, tu n'es pas près d'en voir la couleur. C'est comme la semaine des quatre jeudis.

5

Je n'ai pas su tout de suite ce que maman avait raconté de la visite de l'oncle Paul à mon père, retour du travail, ni sous quelle forme : je n'avais pas voix au chapitre. Et bien que mes oreilles se fussent allongées terriblement derrière les pages de mon livre quand ils avaient parlé de leur journée respective, ç'avait été en vain.

Le lendemain au réveil j'étais fixé. Ma mère déroula devant moi le programme mis en place par mon père : le bagne, ou tout comme.

Quelques stères de bois de chauffage, coupés en bûches, se doraient le ventre au soleil depuis dix jours dans le petit clos d'herbe jouxtant la maison, côté sud. Mon devoir consisterait à les faire grimper dare-dare dans le bûcher, où ils achèveraient sous le toit de planches leur digestion de soleil afin de nourrir longuement la belle flamme du gros poêle d'hiver.

Pour qui a passé toute la nuit à cheval aux côtés de l'oncle Paul dans les plaines de l'Arkansas, le rétablissement dès potron-minet dans la réalité coupante des bûches n'est pas des plus avenants. Simon se sentait encore tout endolori. Il se frottait les yeux comme si les poussières de l'exténuante chevauchée ne parvenaient pas à se dissiper. Il sentit brusquement le poids du monde sur ses épaules, une grosse larme pointer, qu'il refoula vite en reniflant.

— Mais attention, reprit ma mère, il ne faut rentrer que les bûches qui sont sèches. Les autres, tu les retourneras simplement (simplement ! Elle avait de ces mots. Les bûches étaient toujours pleines de boue qui cachait de méchantes échardes, j'en savais quelque chose.) Tu m'écoutes, oui ? Demain, elles seront bonnes à remiser. À chaque jour suffit sa peine.

À contempler la montagne des bûches, j'étais écrasé. Il y en avait pour quinze jours au moins, sans lever la tête. S'il prenait jamais à l'oncle l'idée de revenir plus tôt que prévu, c'en serait fait de moi, et je pourrais faire une croix sur ma présence enchantée à côté de l'oncle sur le siège de la diligence, avec les rênes dans ma main, et fouette cocher et hue Beau Jeu. Adieu veau, vache. Non et non. Il fallait à tout prix éviter la catastrophe annoncée.

6

Comme la semaine des quatre jeudis, les poules qui ont des dents, les pères qui rient, les mères qui chantent, le retour de l'oncle Paul fit mieux que se faire attendre : il s'éternisa. Au point que Simon, qui en avait terminé depuis belle lurette avec les bûches, s'était remis à caresser les chevaux à crinière de feu, les berçant de confidences longues et tristes comme ces plaines où il ne courrait pas.

Les aventures de Kit Carson ne l'exaltaient plus comme avant : il s'aperçut qu'il les connaissait par cœur. À la longue, leurs pointes s'étaient émoussées, leurs ressorts distendus. Kit Carson arrivait toujours in extremis, ses revolvers tiraient toujours juste et leur barillet n'était jamais vide. Son pur-sang galopait des jours et des jours sans se fatiguer le moins du monde.

Ces histoires étaient vraiment à dormir debout, il finit par les trouver fades et répétitives, et les délaissa.

7

Les jours déjà rétrécissaient et la perspective de rentrer en classe en précipitait les ombres.

Simon suivait sur le ciel les charrois de nuages en marche forcée vers l'Est (l'Ouest ? une illusion, n'en parlons plus) et la longue troupe de loqueteux à l'arrière qui tiraient la jambe. La Conquête avait échoué, l'or s'était épuisé plus vite que la poussière, et les rêves trop longtemps roulés dans la boue se transformaient en cauchemars. Laissés pour compte au bord du chemin, les vieux n'attendaient plus que la neige pour laver de ses misères un monde sans espérance. Le maître d'école leva sa règle rouge sur Beau Jeu et je me réveillai une fois de plus en criant : « Non ! »

Ce genre de cauchemar m'assaillait trop fréquemment depuis quelques semaines, je me redressais brusquement dans mon lit, le corps poisseux de sueur et je prononçais des mots sans suite où revenaient souvent l'oncle Paul, Kit Carson et Beau Jeu. Mes parents commencèrent à s'inquiéter.

C'est le moment que choisit l'oncle Paul pour reparaître.

Quand il vit ma pauvre mine, mes yeux battus, ceux de ma mère, il sut ce qui lui restait à faire et que sa sœur ne s'y opposerait pas.

— M'est avis qu'un petit voyage en diligence ferait le plus grand bien à notre cow-boy, dit-il en me caressant les cheveux.

Puis, se tournant vers ma mère qui s'apprêtait à lui couper la route :

— Et ne t'en fais pas, sœurette, on sera bien sages et je te ramènerai ton fiston sain et sauf. Je n'ai que deux livraisons à faire cet après-midi.

Maman fronça quand même le sourcil, l'air de dire : « Des livraisons, c'est ça, oui. Tu me prends pour une idiote ? Arrête. »

Elle se contenta de lui arracher une promesse :

— Avant sept heures, on est bien d'accord ? Tu connais l'amour que mon homme a pour toi. Je ne tiens pas à avoir la guerre dans mon ménage, moi.

J'avais surpris un jour mon père en train de parler de cet oncle que je ne connaissais pas encore. « Ce chameau de cavaleur, disait-il. Il nous fait honte avec ses histoires de jupons. Et dire que ça se croit irrésistible parce que ça a des mains de femme et une taille de guêpe. C'est pas un homme, ça, tu m'entends ? Pas un homme. J'te préviens, que je ne l'attrape jamais à traîner par ici ou j'les lui fais bouffer moi, ses fanfreluches. Tiens, rien que d'en parler, j'ai l'estomac qui se retourne. »

D'un geste brusque, il avait repoussé son assiette, puis s'était levé tout rouge et il avait claqué la porte en sortant.

Maman s'était mise à pleurer.

8

Quand l'oncle donna le signal du départ, j'embrassai vite ma mère en lui disant : « Tu vois, maman, la semaine des quatre jeudis, elle existe. »

L'oncle m'aida à grimper sur le siège à sa gauche, puis lança le cheval. L'aventure commençait, la vraie. À nous deux, Kit Carson ! Gare à vos fesses, bandits masqués des grands chemins ! Simon Sylvestre arrive !

L'oncle Paul ne se fit pas prier pour me tendre les rênes. On venait de quitter la route récemment asphaltée pour le chemin de terre en ligne droite qui coupait à travers les prés et les éteules. Je ne me sentais plus de joie.

À l'entrée de Remicourt, un hameau de maisons fleuries, trente feux à peine, où je n'étais jamais venu, l'oncle me reprit gentiment les rênes et arrêta la voiture devant une maisonnette à volets bleus. En sautant du siège, il me recommanda de l'attendre un petit moment, de ne pas bouger de là surtout, de faire la conversation à Beau Jeu. « Tu verras, il adore ça comme une coquette, les chatouilles au creux de l'oreille. »

J'entendis qu'on ouvrait le fourgon, qu'on marchait à l'intérieur, qu'on refermait, puis je vis l'oncle sonner à la porte. Il tenait à la main une longue boîte en carton, aplatie et carrée. Il venait juste de rectifier son nœud papillon quand la porte s'entrouvrit, laissant passer une jolie tête blonde de femme qui sourit tout de suite et le fit entrer.

Beau Jeu avait trouvé une touffe d'herbes entre ses pattes et la broutait avec application. Je jouais avec les rênes tout en me racontant une histoire de poursuite infernale. Brusquement, les rênes se tendirent : Beau Jeu cherchait à atteindre le bac à fleurs de la fenêtre la plus proche.

Je criai : « Ho, ho Beau jeu, du calme », mais il ne voulait rien entendre. Les rênes glissaient dans mes mains, il me sembla que le fourgon avançait, je pris peur et me mis à appeler l'oncle à grands cris.

Il sortit, grimpa d'un bond sur le siège, m'arracha les rênes des mains. Il dit d'une voix rogue : « Il n'y avait rien à craindre, le frein était mis. C'est idiot. »

Je balbutiai des excuses, qu'il coupa d'un « Il n'y a pas de mais qui tienne. La prochaine fois, tu descendras avec moi. »

Je me le tins pour dit.

Il garda les rênes.

9

Notre seconde halte fut pour une maison fort isolée, avec une cour pavée au milieu d'un bouquet de marronniers. L'oncle attacha les rênes à l'un des arbres et m'entraîna à sa suite. Avant de tirer la cloche, il me fit signe le doigt sur la bouche de me tenir correctement. La dame qui nous accueillit était une grande et forte femme brune, maquillée comme un mardi gras, la bouche et les ongles peints en rouge, les yeux brouillés par de longs cils pâteux. Et cependant on aurait dit qu'elle sortait de son lit car elle ne portait sur elle qu'une chemise brillante, fort légère et très décolletée.

Elle me déplut d'emblée par l'exagération de sa gentillesse à mon égard. Elle m'avait tout de suite pris le menton et me tournait la tête de gauche à droite en s'exclamant que j'étais joli garçon, puis me repoussait pour me considérer de haut en bas, cela sans cesser de me montrer toutes ses dents. Elle avait beau faire, je voyais bien qu'elle était plus déçue qu'étonnée de voir l'oncle Paul accompagné d'un gamin. Sûr qu'elle aurait préféré que je reste dehors à écouter l'herbe pousser. Sans parler, ça se voyait comme le nez au milieu de la figure : je gênais.

L'oncle me fit asseoir à la table de la cuisine, une longue en chêne, à l'ancienne, vide et luisante comme une glissoire et il me proposa un jeu de patience, car, disait-il, il lui fallait me laisser seul un moment, le temps de présenter à la dame en privé les nouveaux articles de sa collection. On n'achète pas un lapin dans sa cage, tu comprends ? Je fis oui de la tête, sans hésiter.

— Dans un sac, rectifia la dame.

— Pardon ? dit l'oncle.

— On n'achète pas un lapin dans un sac.

— Ce n'est pas ce que j'ai dit ?

— Non, tu... heu, vous avez dit dans sa cage.

— C'est kif-kif bourricot, non ? Bon, où est-ce que j'en étais ?

L'oncle venait d'ouvrir devant moi une grande boîte plate en carton, du même format carré que tout à l'heure. Il devait en avoir plein son fourgon. À l'intérieur, un fouillis moussu : des bas de femme. « Écoute-moi bien, dit l'oncle, ces bas-là sont mélangés. À toi de les trier et de recomposer les paires. Les dépareillés, ceux que j'appelle les veufs, tu les mettras de côté. Mais d'abord, montre voir tes mains. Ah, bravo, tes ongles sont parfaits. C'est de toute première importance, tu sais, bonhomme, car les bas, c'est du bonheur qui file vite, faut les toucher avec de l'âme au bout des doigts. Un accroc, la musique du bonheur s'arrête et la dame ne veut plus danser. C'est bon à jeter. Donc, je compte sur toi, du doigté, de l'attention, de la douceur et tout ira comme sur des roulettes. Moi, j'en ai pour dix bonnes minutes, si madame n'essaye pas tous les articles qui lui bottent avant de se décider. »

Il me fit un clin d'œil que je ne sus comment lui rendre.

— À tout à l'heure, et bien sage, hein ?

10

Ils sont passés dans la pièce d'à côté. Vite, comme des voleurs. Juste un bruit de serrure ou de verrou. Simon l'entend à peine, il est déjà pris.

Ses mains légères comme des anges, il les plonge dans la mousse, les ressort lentement, élève comme une offrande à la lumière le fruit de sa pêche, puis le laisse couler comme un miel sur la table. Mon Dieu, le paradis !

Mais voilà tout à coup qu'il s'inquiète, recommence à examiner ses mains, vérifie une dernière fois s'il n'a pas de ces petites peaux durcies au bout des doigts, qu'on appelle des envies, ces traîtresses qui accrochent les tissus comme rien. Rassuré, il se remet à l'ouvrage, dégage l'un après l'autre les bas, les étale sur la table, va, touche, hume.

Sortir les bas : fastoche. Maintenant les trier : les noirs avec les noirs, les beiges avec les beiges. Tiens, un beige plus foncé, mettons-le donc avec les bruns, mais ce n'est pas un brun, il est trop clair, ah ! ça se complique, et le talon est tout différent, mince de mince, où le ranger alors ? et celui-là, c'est la bordure qui n'est pas pareille, crotte ! et cet autre, la couture.

Là-dessus le cœur qui s'emballe. Du calme, Simon, reprends-toi, pense aux rênes, à Beau Jeu, à la dame qui n'en finit pas d'hésiter devant la glace, et qui se tourne et retourne tandis que l'oncle la contemple et fumaille et sourit.

11

Une seule fois, j'avais plongé mes mains de gosse dans le large tiroir de la commode où ma mère rangeait ses bas. Rangeait n'est pas le terme qui convient pour le désordre qui régnait là-dedans, mais c'est le premier qui me vient et c'est le seul du reste que ma mère employait pour désigner son activité journalière : elle rangeait, rangeait, rangeait du matin au soir, et moi, naturellement, je ne pouvais être que celui qui dérangeait. C'est d'ailleurs ainsi que je me sentais à la maison la plupart du temps : quelqu'un qui dérange. Passons.

Ce jour-là ne devait pas être tout à fait comme les autres puisque je me le rappelle comme si c'était hier. Ma mère m'avait engueulé comme du poisson pourri pour trois fois rien et elle m'avait envoyé dans ma chambre. J'en avais gros sur le cœur. Cette punition me paraissait injuste ou du moins disproportionnée vu ce que j'avais commis, une grossièreté, sans doute, et mon chagrin, comme un filet de pêcheur qui aurait ramassé tous les chagrins sans consolation, s'était mis à gonfler si fort qu'il avait crevé d'un coup en haut de l'escalier.

Sur le moment, je n'avais plus su où j'étais, tel un enfant à une croisée de chemins dans la forêt et tous se ressemblent et l'afflux de larmes l'empêche de se concentrer. J'étais déchiré entre la colère et un désespoir sans fond.

La porte de la chambre de mes parents était entrouverte. C'est là où je n'entrais jamais que je m'étais senti comme poussé par-derrière.

Un tiroir de la commode bâillait sur un bas mal rentré. Je l'avais ouvert en grand, j'y avais plongé les mains, puisé et porté à ma bouche comme une eau fraîche ma récolte mousseuse en me jetant sur le lit. Où j'avais pleuré toutes les larmes de mon corps jusqu'à ce que la terre en soit recouverte, et qu'elle m'emporte ou m'engloutisse.

C'est ainsi, paraît-il, que ma mère, étonnée de ne pas me voir répondre à ses appels répétés, m'avait trouvé, endormi au milieu d'une poignée de ses bas. La surprise ou quelque chose qui montait de profond en elle lui avait coupé les bras. Elle avait refermé doucement la porte sans mot dire.

Je n'ai appris le dénouement de cette histoire que lors d'une fête de famille, il y a quelques années, de la bouche même de ma mère. Tout le monde avait ri, mais j'avais senti soudain passer comme un souffle sur moi l'image de ce gamin timide et doux que j'avais été, et la force intacte de son chagrin me sauta au visage avec une telle crudité que je dus quitter la table et m'absenter du repas pendant un bon moment.

Je n'ai jamais demandé à ma vieille maman si j'avais abîmé ses bas.

12

L'oncle tardait à revenir. Simon avait achevé le tri. Vingt-sept paires et quatre veufs rangés à part sur un coin de la table vernie : un gris, un beige à bordure simple avec de la dentelle, et deux noirs, l'un plus épais que l'autre, une question de texture probablement.

Comme je n'avais pas encore de montre-bracelet, il m'était impossible de savoir le temps que m'avait pris cette opération et si je pouvais me risquer à la recommencer. Je n'osais pas non plus me lever pour aller écouter à la porte qui menaçait de s'ouvrir à tout moment, car je ne tenais pas à ce que l'oncle me refusât une fois de plus les rênes sur le chemin du retour. Mes hésitations commençaient à m'agacer sérieusement. Alors fermant les yeux, je pris un bas au hasard, me le passai sur la joue, essayai d'en deviner la couleur. Puis un autre, un autre encore. Je me trompais une fois sur deux, mais le jeu me plut assez pour que j'en corse les règles.

M'étant bandé les yeux comme je pouvais avec un des bas veufs, le plus opaque, je voulus tenter le diable, reformer les paires rien qu'en jouant sur les touchers, le doux, le rêche, le velouté, le granuleux, le satiné, la grosse maille et la fine, et la résille, la couture, la lisière, la dentelle.

Pour la soie, pas de problème : une caresse de lapin ; le coton, non plus, doux mais ferme comme la peau de mon épaule que j'embrassais pour m'endormir ; le nylon, sec comme le creux de la langue quand on a peur ; la laine, ah, la laine ça c'est comme les jambes de la Chère Sœur sous la robe de bure, ça grattouille, ça…

Une drôle de chaleur venait d'envahir Simon, quelque chose de bouillant et de glacé à la fois comme une couleuvre, qui lui secoua le bas du ventre. Il crut l'espace d'un instant qu'il s'était encore laissé aller comme la fois où il avait rêvé qu'il pissait dans les mules à pompons roses de sa mère. Arrachant son bandeau, il inspecta son vêtement et se mit à rougir.

13

De l'autre côté de la porte, il y eut alors comme un bruit de chaises, un petit cri étranglé, un froissement d'étoffes. Regardant mon travail, je vis que j'avais tout faux et je pris peur. En deux temps trois mouvements, mon tri était corrigé.

La porte s'ouvrit et l'oncle parut :

— Alors, mon garçon, qu'est-ce que ça dit ?

Il se pencha sur la table et, tout en me caressant les cheveux, il répéta avec une voix joueuse : « Mais c'est parfait, c'est parfait, du vrai travail de professionnel », puis il se redressa et me prit le menton :

— Mon bonhomme, tu viens de sauver l'honneur de la bonneterie et je suis fier de toi !

Je n'osais le regarder dans les yeux, je pensais à la tache sur ma culotte. L'oncle avait ramassé un des bas dépareillés sur la table et déjà me le nouait autour du cou.

— Je te sacre chevalier de la lingerie fine, dit-il

sans rire, en me touchant l'épaule. Garde ce bas en souvenir de moi, et maintenant, au galop, ou ta mère va m'arracher les yeux.

Il mit son chapeau et salua la dame qui avait les joues rouges et qui arrangeait ses cheveux. Elle fit un petit signe désespéré à l'oncle, qui porta d'instinct la main à sa boutonnière : l'œillet rouge manquait comme manquerait un jour la dernière balle dans le barillet de Kit Carson.

La dame se pencha avec vivacité pour m'embrasser sur les joues et je me laissai faire. Elle avait une peau laiteuse et de beaux gros seins. Je compris d'un coup que le Far West était une vieille lune, les batailles de mes soldats de plomb vouées à l'ensablement, mais que la bonneterie, voie aventureuse s'il en est, avait tout l'avenir devant elle.

J'étais prêt à prendre le relais de l'oncle.

14

J'ai gardé longtemps à mon cou le bas dépareillé de l'oncle Paul.

C'était un veuf qui espérait encore retrouver son âme sœur.

Il ne me quittait jamais que dans certaines occasions et pour peu de temps, à l'heure du bain par exemple ou durant le cours de gymnastique, qu'il passait roulé au fond de ma poche.

Je le perdis le jour où, mis en présence d'une paire de jambes parfaites et qui promettaient beaucoup, je voulus lui éviter une nouvelle désillusion.

J'avais caché mon veuf sous l'oreiller, la jeune fille le trouva, refusa mes explications, claqua ma porte.

Je ne la revis jamais.

Le bas non plus.

Le cul dans la soie	11
Le soutien-gorge de Moïse	25
L'enfer est un paradis	37
Une tranche de corset	55
Calamity Jeanine	69
Péché mignon	105
Cavalerie légère	131

DU MÊME AUTEUR

Aux Éditions Gallimard

LA VIE PROMISE, 1991.

LE PÊCHEUR D'EAU, 1995 (« Poésie/Gallimard »).

VERLAINE D'ARDOISE ET DE PLUIE, 1996 (Folio n° 3055).

ELLE, PAR BONHEUR, ET TOUJOURS NUE, 1998 (Folio n° 3671).

ÉLOGE POUR UNE CUISINE DE PROVINCE *suivi de* LA VIE PROMISE, 2000 (« Poésie/Gallimard »), *Préface de Jacques Borel.*

PARTANCE ET AUTRES LIEUX *suivi de* NEMA PROBLEMA, 2000.

OISEAUX, *illustrations d'Hervé Coffinières* 2001 (« Albums Jeunesse »).

UN MANTEAU DE FORTUNE, 2001.

UN ÉTÉ AUTOUR DU COU, 2001 (Folio n° 3813).

PETIT PRINTEMPS PORTATIF, *anthologie,* 2002 (H.C.).

SOLO D'OMBRES *précédé de* NOMADIE, édition revue et corrigée, 2003.

AUDEN OU L'ŒIL DE LA BALEINE, 2005 (« L'Un et L'Autre »).

UNE ENFANCE LINGÈRE, 2006 (Folio n° 4564).

L'ADIEU AUX LISIÈRES, 2007.

Chez d'autres éditeurs

MARIANA, PORTUGAISE, Le Temps qu'il fait, 1991.

CHEMIN DES ROSES, *en collaboration avec Bernard Noël (huit dessins de Colette Deblé),* L'Apprentypographe, 1991.

LETTRE À UN CYCLISTE (illustrations de Joël Leick), H.C., 1997.

L'AMI DU JARS, Théodore Balmoral, 1997.

TACATAM BLUES, Cadex Éditions, 2000.

ICARUS (*traduction anglaise de Tucker Zimmerman* et CD, gravures de Didier Bourguignon), Éditions Signum, 2000.

LE SEUL JARDIN (sérigraphies de François-Xavier Fagniez), Éditions Rencontres, 2001.

LES EAUX NOIRES (avec une peinture originale de François-Xavier Fagniez), Area, 2001.

D'EXIL COMME EN UN LONG DIMANCHE, MAX ELSKAMP, La Renaissance du Livre, 2002.

PSAUME POUR LE TEMPS QUI ME DURE D'ÊTRE SANS TOI (avec des peintures originales de Georges Badin), G. Badin éd., 2003.

LUMIÈRE D'ÉPICERIE (illustrations de Wanda Mihuleac), Éditions Transignum, 2006.

LE JOURNAL DE L'IMITATEUR (avec des peintures de Joël Leick), Fata Morgana, 2006.

Composition Imprimerie Floch.
Impression Novoprint
à Barcelone le 13 mai 2007.
Dépôt légal : mai 2007.

ISBN 978-2-07-034621-9 / Imprimé en Espagne.

150913